ララピポ

奥田英朗

幻冬舎

ララピポ

奥田英朗

装幀 米谷テツヤ
イラストレーション ほししんいち

ラブピポ

第1話

WHAT A FOOL BELIEVES

1

その夜も三十二歳のフリーライター杉山博はパソコンに向かい、雑誌の原稿を書いていた。原稿といっても署名原稿でも取材原稿でもなく、資料の要約である。博は若者向け情報誌の新製品紹介ページを受け持っていた。編集部からプレス・リリースとレイアウトが郵送されてきて、その字数を埋めて送り返す。月に二回、そんなやり取りをする。毎度同じ作業だから打ち合わせの必要もない。担当編集者とはもう二年以上、顔を合わせていなかった。

原稿料はページあたり一万二千円で、一号で六ページを書く。月に二回発行される雑誌なので合計十二ページということになり、原稿料は十四万四千円。それが博の月収のすべてだった。たまに単発の仕事も依頼されるのだが、取材を必要とするものはすべて断っていた。断る、というより逃げまわっていると言った方が正確だろう。

三十を過ぎて、人と会うのに恐怖を覚えるようになった。

初対面の人間は平気なのに、昔からの友人知人に会うとなると途端に緊張するのだ。

原因はわからなかった。考えればあたるふしはあるのだろうが、考えたくないので放置することにした。

この一年で人に会ったのは数回だ。したがって口を利く機会はめったにない。蕎麦《そば》屋で勘定の段に「ごちそうさま」と言うぐらいだ。普通ではないとわかっているものの、自分ではどうすることもできない。

一人でいることにすっかり慣れた。東京の真ん中に暮らしながら、実際は無人島で生活しているのと大差がない。

博は資料を斜め読みし、必要なデータを文章でつないでいく。駆けだしのライターがやるような単調で退屈な仕事だ。以前は「ほかの人間にやらせなよ」と不平をたれていたが、今では切られたらどうしようと恐れている。この仕事がなくなったらたちまち生活は困窮する。１ＬＤＫのアパートの家賃が十万円。実のところとっくに破綻《はたん》しかけているのだ。博は蓄えを崩しながらなんとか生きている。

キーボードを打つ手を休め、たばこに火を点《つ》けた。経済的理由から何度もやめようと思ったが、こればかりはやめられない。そのかわりに無駄な消費は避けている。洋服などいつから買っていないことやら。

窓の外に車のエンジン音が聞こえた。先週、真上の部屋に越してきた住人が帰ってきたのだ。博の部屋は一階で、すぐ裏は駐車場になっている。マフラーを改造したスカイラインがその住人の愛車だ。一度顔を見たことがあるが、ホストを思わせるような気障《きざ》な若い男だった。

再びパソコンに向かい、携帯電話の新機種が出たという記事に取りかかる。携帯電話を持ってない博にはまるでチンプンカンプンだが、資料を要約すればいいだけなので問題はなかった。

この要領で化粧品の記事もオートバイの記事も書く。

世の中は進んでいるんだな。新製品の資料を読みながら毎回のように思うことだ。最近では携帯電話でもインターネットができたりするそうだが、博にとってはまるで別世界の出来事である。たぶん今の状態ではどこにも就職などできないだろう。まるで時代に取り残された老人の心境だ。

上の部屋でドンドンという足音がした。フローリングの床なので音が遠慮なく下に響いてくる。入居したときは新築だったが一晩でこのアパートが欠陥住宅であることがわかった。夜になって周囲が静かになると、トイレの水を流す音まで聞こえるのだ。

よほど不動産屋に文句を言ってやろうと思ったが、なんとなく機を逸《いっ》してしまった。そのままずるずると六年も住んでいる。

その間に上の部屋の住人は二回替わった。最初は若いサラリーマン。この男はほとんど部屋におらず、一年ほどで出ていった。次は正体不明の中年女。長らく住んでいたが、人が訪れたことは一度もなく、息を殺すようにひっそりと暮らしていた。そして最新の住人が先週越してきたホスト風だ。前の女が静かだったので余計に物音が耳に障る。戸を乱暴に閉めるものだから、そのつど大きな音が響くのだ。

今日は足音がひとつではなかった。早速女でも連れ込んでいるのだろうか。

ため息をつき、仕事に集中することにした。締め切りは明日だ。カタカタとパソコンのキーを打っていく。《山下電器より最新のＳＤメモリーカード対応のＰＣが発売された……》。本当に馬鹿みたいな仕事だ。かつては海外取材などもこなしたことを考えると格落ちもいいところだ。

また上の部屋からドンドンという足音が聞こえた。博は一人顔をしかめ、舌打ちする。文句を言いに行こうかとしばし思案した。フローリングは下に響くのでもう少しお静かに、と。いや、やめとくか。互いに気まずくなるし、喧嘩《けんか》にでもなったら余計に住みにくくなる。博は妙に気が小さいところがあった。不動産屋に抗議しなかったのも、結局は勇気がなかったからだ。

時計に目をやると午前一時だった。残りの分量を見る。あと三、四時間で完了しそうだった。終わったら原稿をメールで送信して、昼まで寝て資料を郵便で送り返して……。これが終われば当分はすることがない。たぶん自分は図書館で借りた本でも読んで過ごすのだろう。

しばらくして二階が静かになった。やれやれと思い、原稿を書き続ける。《高音質ＣＤヘッドユニット人気の火付け役となったのがこのＹＳ２シリーズ……》。何のことだかわからないので、じりじりとストレスが溜まっていく。たった六ページの原稿に三日もかかってしまうのはそのせいだ。達成感もなければ充実感もない。肉体労働の方が汗をかくぶん、きっと爽快なはずだ。

何かの音がした。キーを打つ手を休める。

……気のせいか。再び指を動かす。

また音がした。今度はラジカセのボリュームを絞り、耳を澄ませた。

なにやらコトコトと木をたたくような音が鳴っている。それもかすかな音だ。

どこから聞こえてくるのかと部屋を見まわした。今のところ見当もつかない。

その音は一定のリズムを刻んでいた。

地震か？　けれど蛍光灯の紐《ひも》はまるで揺れていない。博は椅子から立ちあがり、寝室へと歩いていった。

すると音がやや鮮明になったような気がした。どうやらこの部屋で鳴っているようだ。ベッドに腰を下ろし、さらに耳を澄ませた。聴覚に神経を集中する。

上から聞こえるのがわかった。

天井を見る。そうだ、確かに上から聞こえる。たたくというよりは木が軋《きし》んでいる音だろうか。瞬間、博はひらめいた。上の部屋で、セックスが行われているのではないだろうか。ベッドが揺れ、その軋みが床に伝わっているのではなかろうか。

博の股間がじんわりと熱を持った。心臓の鼓動がやや速くなる。

博は確かめるようにベッドの上に立ち、耳を天井に傾けた。

軋み音以外は何も聞こえてこない。

今度はベッド横の窓を五センチほどそろりと開けた。角部屋なので二階にも同じ位置に窓があった。そこから女のあえぎ声が聞こえてこないかと思ったのだ。

耳を外に向け、全神経を耳に集中する。何も聞こえてはこなかった。

早合点だったかな。だとしたらとんだ間抜けな話だ。少し冷静になる。

これまで上の部屋からこのような音が聞こえることはなかった。前の住人は地味な中年女だったから仕方がないとしても、その前は若い男だった。一度ぐらいは女を連れ込んでいてもおかしくはない。

いや、でも布団ならこのような音は聞こえないか。それにカーペットを敷いていても音はしないはずだ。やはりこれはあのときの音なのだろうか。

そのとき外の暗闇に「あ」という声が飛んだ。

博は色めき立った。今のは女の声ではなかったか。

あわてて窓の隙間に耳を寄せる。ベッドの上に膝をつき、目を閉じた。

「あ……あ……」

間違いない。女のあえぎ声だ。

博は興奮した。股間で性器がみるみる硬くなっていく。思わずズボンのボタンを外し、ファスナーを下げた。パンツの上から性器を握る。

さらに集中すると、遠くからスクーターの排気音が近づいてきた。

うるせえこの野郎。腹の中で毒づいた。歯軋りしながらスクーターが通り過ぎるのを待つ。

やがてまた静寂が訪れた。

けれど女のあえぎ声はそれっきり聞こえなくなった。天井に注意を向けるとコトコトという床の軋み音もやんでいる。

終わったのか。くそう、いいところだったのに。肩の力が抜けた。

博はそのままベッドに寝そべった。未練がましく耳を澄ませたが、上の部屋からは何も聞こえてこなかった。

右手で性器を弄《もてあそ》んだ。少ししぼんだものの、まだ熱を持っていた。

上の階もたぶん部屋のレイアウトは同じなのだろう。窓際にベッドを置き、そこで寝ているのだ。

ふと天井を見る。ほんの二メートルほど上の、床一枚隔てたところで、あのホスト風は女を抱いたのか。そしてたぶん今現在、二人は裸のままで抱き合っている――。

それを思うとまた博の性器は硬度を増した。

体を捻《ひね》り、サイドテーブルにあるティッシュ箱から二枚それを抜き取った。二つに折りたたみ、左手に持った。

博は自慰行為に耽《ふけ》った。目を閉じ、想像力を総動員した。さっきかすかに聞こえた女のあえぎ声を思いだそうとした。

勢いよく精液が放出される。ティッシュがたちまちぬるく湿った。

充実したマスターベーションだった。博は久しぶりの刺激を味わったことに満足していた。アダルトビデオでは得られない心の昂《たか》ぶりだった。

ベッドから降り、パンツを上げた。大きく息をはく。

天井を見上げると、したばかりだというのにまたムラムラと欲情が込みあげた。

もう一戦始まらねえかな。そんなことを思った。

博は何年もセックスから遠ざかっていた。家に閉じこもってばかりいる男に出会いなどあるはずはなく、街に出てナンパをする気力もなかった。それにもう三十二だ。軽薄なことができる歳でもない。

リビングダイニングに戻り冷蔵庫を開けた。昼間買っておいたドーナツを取りだす。チョコとフレンチ・クルーラーを一個ずつ、ミルクコーヒーで流し込んだ。

机に戻って原稿に取りかかる。

上の部屋が気になってなかなか仕事がはかどらなかった。


翌日は昼過ぎに起きた。資料を送り返すために郵便局に寄り、その足で近所の蕎麦屋に行った。

カツ丼を注文した。ラックにあった今日が発売日の漫画週刊誌を読む。漫画すら最近は買っていなかった。単行本の類《たぐ》いになると図書館で借りることしか考えていない。時間をかけてゆっくりと食べた。これから半月以上はすることがなくなるのだ。もっとも時間をうっちゃることにはすっかり慣れたのだが。

蕎麦屋の支払いを済ませると、財布の中身が二千円になった。この前お金を下ろしたのはいつだっけ。頭の中で数えてみる。確か二週間ほど前のことだ。

いかん。節約が必要だ。計画では一日一千五百円で暮らすのを目標にしている。今夜は自炊しようと博は思った。

駅前の銀行で三万円を下ろした。これでこの先三週間はもたせなければならない。

そして利用明細を見ると、残高がとうとう三十万円を切っていた。

商店街を歩きながら計算してみる。

月収が十四万四千円で、源泉徴収されて約十三万円になり、そこから家賃の十万円を引くと残りは約三万円になる。光熱費が月に一万円とちょっとで、電話はほとんど使わないものの基本料金が五千円ほどかかり、あとは国民健康保険が四千いくらか自動で引き落とされる。国民年金は無視するとしても、それだけで二万円弱……。

おっと新聞代を忘れていた。一時はとるのをやめることも考えたが、さすがにそこまでしたくはなかった。朝夕の間《ま》がもたない。

要するに一万円も残らないのだ。

それで一日一千五百円で暮らすとして……いや、やはり無理だ。たばこ代もあれば諸々の雑費もかかる。シャンプーだって歯磨きだってなくなれば補充をしなくてはならない。余裕を見て一日二千円とすると月に六万円が必要で、となると蓄えは月に約五万円ずつ減っていくことになり……。

博は憂鬱になった。

あと半年で自分はアウトだ。仕事をしてもすぐに振り込まれないことを考えると、三カ月以内に何らかの行動を起こさなくてはならない。

編集部に頼めば多少の仕事はくれるだろう。けれどそれができるくらいなら最初からやっている。博は知り合いと会うのがいやなのだ。

やはり家賃十万円がネックか。吐息を漏らす。といっても費用を考えると引っ越しもできない。

血の気までひいていった。

午後は図書館で時間をつぶした。スポーツ新聞を数紙読み比べ、雑誌をぱらぱらとめくった。ついでに本も借りた。読むのは軽い短編集かエッセイばかりだ。たぶん重厚な長編小説は気力が充実しているときでないと読めないのだろう。


夜は漫然とテレビを眺めていた。とくに目当ての番組があるわけではないので、リモコンを片手にせわしなくチャンネルを替えている。

ベッドに寝転がり、昼間借りた本も読んだ。どこかのライターが書いた外国滞在記を読んでいた。自分もこんなものを書いて暮らしていけたらいいのにな、と思う。もっとも博はハワイと香港しか行ったことがなく、おまけにパスポートは去年で期限が切れている。

博にとって夜はやたらと長い。一日はもっと長い。そのくせ一週間は三日ほどの感覚で過ぎてしまう。

午前零時を回ったころ、車のエンジン音が聞こえた。あのホスト風のスカイラインだとすぐにわかった。

なんとはなしに、耳を澄ませた。バタン、バタン。ドアを閉める音が二回した。

博は色めき立つ。また女を連れて帰ってきたのだろうか。

ベッドから跳ね起き、玄関へと走った。すぐ前が階段なので二階の住人は博の部屋の前を通らざるを得ないのである。

身を乗りだし、ドアのレンズに顔を近づける。

曇っていた。

舌打ちする。そういえば引っ越してきてから一度も拭いたことなどなかった。

おまけに廊下の蛍光灯が切れていた。家主はいったい何をしているのか。レンズには薄ぼんやりと階段が映っているだけだ。

それでも胸を高鳴らせ、二人が通るのを待った。

男女のささやくような声が聞こえた。女の「うふふ」という笑いが廊下に小さく響いていた。

黒い影が横切る。二人は階段を上がっていった。

男はノーネクタイのスーツ姿、女はミニスカートをはいていた。すらりと伸びた二本の足が瞼《まぶた》に焼きつく。

はっきりとはわからないそのうしろ姿を見ただけで博は興奮した。

あの二人はこれからセックスをするのだ。

博は奥の部屋に戻ると、天井を見上げた。ドンドンという足音が鳴っている。欠陥住宅を初めてうれしく思った。

ベッドに横になり、カーテンを軽く持ちあげる。窓を五センチほど開けた。

上の部屋の明かりが、一メートルと離れていない隣のマンションの壁に反射している。

なんて好都合なのかと思った。壁に映る窓の明かりが消えたとき、上の部屋ではセックスが開始されるのだ。

テレビは消した。部屋の照明も豆電球にした。窓の隙間から、じっと壁に反射した明かりだけを凝視していた。

ティッシュを手元に引き寄せる。ズボンを下ろし、準備だけはしておいた。

なかなか電気が消えない。博は少し焦《じ》れた。早く始めろよ。心の中で急《せ》かせている。

もしかして今夜はやらないのだろうか。

いや、女をアパートに連れ込んでやらないわけがないだろう。

時間がなかなか過ぎてくれなかった。

そのとき、天井で排水管の音が低く響いていることに気づいた。

これはシャワーを使っている音だ。奴らはシャワーを浴びている。つまりこの音がやんだときが準備万端の合図であり、そののち電気が消されるはずなのだ。

手持ち無沙汰になったので寝ながらアダルトビデオ雑誌を眺めた。上の部屋にいる女はどのタイプかとあれこれ思いを巡らせた。

二十分ほどして排水管の音がやんだ。雑誌を脇にどける。窓の隙間に目をやった。ドンドンと人の歩く音。しばらくして電気が消された。

その瞬間、博の胸が高鳴る。昨日より興奮は大きかった。喉《のど》がからからに渇いていた。

全神経を耳に集中し、二階の窓から漏れる声をひとつたりとも聞き逃すまいとした。

まだ何も聞こえてこない。きっと前戯の最中なのだろう、床が軋む音がしない。

五分。十分。やっとコトコトと天井から音が聞こえてきた。

博はますます興奮した。若い男と女が、自分のすぐ上で交尾しているかと思うと湧きでる欲情を抑えることができなかった。性器はこれ以上ないというほど充血している。

右手を動かした。左手ではティッシュを構えた。

五分ほどして「あ」という女の声が聞こえた。やったと思った。

「あ……あ……」

心なしか天井の音のリズムが速くなった気がした。

「あん、あん、あん」

おお、昨日より声は大きいぞ。全身に震えが走った。一緒にイキたいと思った。

右手を懸命に動かす。歯を食いしばる。息を止めていた。

女の声が途切れた。同時に天井の音もやむ。

少しの時間差で博は放出した。

大きく息をつく。体中の力が抜けた。昨日にも増して充実したマスターベーションだった。

連日なのに射精の勢いは十代のそれだった。

しばらくそのままでいた。

天井を見つめる。

いい奴が引っ越してきたな。神様に感謝したい気分になった。

早くも明日の夜が待ち遠しい。こんな高揚した気持ちはここ数年なかったものだった。

2

翌日、博は玄関ドアのレンズを拭いた。内側も外側も、ガラスクリーナーを吹き付け念入りに拭いた。試しにのぞいてみると、階段の輪郭がはっきりと映った。

ついでに電器店へ行き、蛍光灯を買い求めた。業務用タイプのものだったので一千五百円もした。痛い出費だが仕方がない。そのぶん昼飯で節約した。外食をやめ、塩ラーメン二袋にした。

午後は少し足を延ばして遠くの大きな図書館へ行った。

博は昼間はもっぱら図書館で時間をつぶす。ほかに行くところがないからだ。ただし同じ図書館に二日続けては行かない。職員によほど暇な男なのかと思われるのがいやなので、四カ所の歩いて行ける図書館を日替わりで巡っているのだ。中には漫画を置いてある図書館もあり、『あしたのジョー』を一日がかりで読んだりする。

今日はその漫画のある図書館で、いつもの若いデブ女を見かけた。

不思議なもので、博と同じように図書館をローテーションしている人間がほかにも数人いた。普通の身なりをした普通の人たちだ。いずれも働き盛りと思《おぼ》しき年齢なのに、働いている様子がない。女もその一人だった。

もちろん無視する。不気味なので近寄ることも避けている。ただ、この日はエレベーターで一緒になってしまった。デブのくせに化粧の匂いをさせていた。目が合い、あわてて顔を背けた。

閉館の七時まで『ブラック・ジャック』を読んで過ごした。

晩飯はご飯を炊き、卵やら納豆やらをかけて三杯食べた。博は今日の食費が安く済んだことに小さく満足していた。シャワーも早めに済ませた。

そうして上の住人が帰ってくるのを待った。ベッドに寝転がり、テレビをぼんやり眺めながら。

その夜も、男が帰ってきたのは深夜零時を過ぎてからだった。いつもより遅いので博は焦れていた。夫の帰りを待つ新妻の気持ちがわかった気がした。車が駐車場に停まり、ドアの閉まる音が二回したときはしあわせを感じたほどだった。

博はすぐさま玄関に走り、レンズから外をのぞいた。

前を横切る女の横顔が映った。照明が逆方向なので暗く陰っていたが、それでも悪くない女だということはわかった。男はやはり頭の悪そうなホスト風だ。

並んで階段を上がっていくとき男が女の腰に手を回した。それだけで博の股間は熱くうずいた。

ただ、昨日見た女のうしろ姿とはちがう印象を受けた。いくぶん背が高い気がしたのだ。もしかして別の女なのだろうか。

博は奥の部屋に戻ると上の階を見上げた。天井に耳を当て、会話を盗み聞きしたい衝動に駆られた。

なんとかできないものか。周りを見まわす。台所からコップを持ちだすと、椅子を部屋の真ん中に運んだ。

上に乗ってコップを天井に当てる。しかしそのコップの底に耳をつけることはできなかった。わずかに背が足りないのだ。

この天井を挟んだ上では、きっと色っぽい会話が交わされているのだろう。「いやーんエッチ」とか、「いいじゃんよォ」とか。

いても立ってもいられなくなった。足の下に電話帳でも敷くか。やってみる価値はある気がした。

電話帳を二冊、椅子に置いた。博はその上に乗った。さすがに不安定だ。姿勢にも無理がある。でも工夫の甲斐あって高さが足りるようになった。

コップの底に耳をつける。

（……ケンちゃんって結局はヤリたいだけなんじゃないのォ）

女の甘い声が聞こえた。博の心臓が早鐘《はやがね》を打つ。やったと思った。

男が何か言い返す。男の声は聞き取れなかった。

（……わたしだって一応女の子なんだからね）

そのすべてを聞き取ることはできない。けれど女の高い声はくっきりと聞こえてくるのだ。

一旦椅子から下り、はやる気持ちを落ち着かせようとした。

今日は、床の軋む音が始まる前からコップで盗み聞きしようと思った。きっと前戯のあえぎ声も聞こえるはずだ。

できることならセックスの最中のすべての声を聞きたい。「そこはダメ」とか「もっと」とか。

ベッドに腰を下ろしながら、博の膝はかすかに震えていた。毎晩新しい興奮がある。

我慢できなくてもう一度椅子に上がった。

（……いやーん、自分で脱ぐから触らないで）

脈がいっきに速くなった。若い女が、すぐ上で裸になろうとしている——。

博はズボンとパンツをまとめて下ろすと左手で性器を擦《こす》った。心臓の鼓動が鼓膜までをも震わせていた。

床がギュッと軋む音。おそらく二人がベッドに横たわった音だ。上で行われていることが手に取るようにわかった。性器は青竹のように反りかえっていた。

しばらくして女のあえぎ声が聞こえた。

（あ……あ……）

あやうく射精しそうになり、博は深呼吸してこらえた。上がクライマックスのとき、自分もイキたい。飛び散った精液はどうするのか。そんなことはどうでもよかった。

頭を九十度に曲げての盗み聞きなので、すぐに首や肩の筋肉が張った。ふくらはぎも痛くなる。だからときどき椅子の背もたれに腰を下ろし休憩した。安全を考え、ズボンとパンツは脱ぐことにした。

上ではいよいよ床が軋み音を立てはじめた。

ギシッ、ギシッ、ギシッ。

悔しいことに、いちばん大きく聞こえてくる音はベッドが揺れる音だった。

けれどその隙間を縫うようにして女のあえぎ声もする。

そして肉と肉がぶつかる「パン、パン」という音までコップを通して聞こえた。

なんという臨場感なのか。博の興奮は最高潮に達した。

ゴトゴトという音がそのリズムを速くする。男の荒い息遣いまで伝わってきた。

博はたまらず射精した。乳白色のどろりとした液体が部屋の床に飛び散る。

次の瞬間、膝の力が抜けた。小さくよろけるとたちまち全身がバランスを崩し、博は床に転げ落ちた。

「いてててて」思わず声を発する。椅子も倒れていた。

視界に銀粉が舞っている。自分がどんな姿かもわからなかった。

怪我はないかと体のあちこちをチェックした。軽い打撲はあっても骨に異常はないようだった。

顔中から汗が噴きでている。尻餅をつく姿勢になり、てのひらで顔をこすったらヌルリという感触が指先に走った。

自分の精液が頬に付着していたのだ。

博はよろよろと起き上がると、台所へ歩き、顔を洗った。

下半身が丸だしだったので、そばにあったタオルで性器の先端を拭いた。その部分はまだ熱をはらんでいた。

最後は失敗したが博は満足だった。今夜は会話まで聞こえたのだ。

でも、椅子に乗るというのはちょっと危険かな。何か別のいい方法はないものだろうか。いっそのこと盗聴マイクを買うのはどうだろう。呼吸を整えながら、博はそんなことまで考えている。

腹が減ったのでドーナツを二個食べた。えもいわれぬ幸福感があった。


翌朝は九時前に目覚めた。何時まで寝ていてもいいのだが、ふと眠りから覚めたのだ。布団の中でじっとしていると二階から人の足音が聞こえた。

出かけるのかな、と博は思う。となるとゆうべ泊まった女の顔を見ることができる。

途端に気がはやった。布団を蹴りあげ、玄関へと歩く。ドアの前で待機した。しばらくして上の階でドアが開く音がして階段に靴音が響いた。

足音はひとつだった。どうやら女が一人で帰っていくようだ。

ドアのレンズに顔をくっつける。ハイヒールの底を鳴らして女が降りてきた。ヒップラインを強調した長めのスカートに上はGジャンを着ている。

いい女だと一目でわかった。また股間で性器が首をもたげる。

近づいてきた。いかにも六本木あたりで遊んでいそうな若い女だ。

女はそのまま外へと出ていく。

博は大急ぎでジャージを脱いだ。ジーンズをはき、トレーナーを頭から被《かぶ》った。

もっとはっきり女の顔を見ようと思った。魚眼レンズでは目鼻立ちまではわからない。行くのは駅の方向に決まっている。追いかけて、ゆうべ上の階の男に抱かれた女をしっかりと確認するのだ。

スニーカーをつっかけ、部屋を飛びだした。通りに出ると、女のうしろ姿が五十メートルほど先にあった。

博は駆けた。走るなんて何年ぶりだろう。たちまち息が切れた。途中で別の道に入り、駅へと先回りすることにした。

胸の動悸を静めながら駅の入り口で待っているとGジャンの女が現れた。涼しい顔で前方から歩いてくる。

最初にバストに目がいった。この女は豊かな乳房をしていた。

顔を見た。ＡＶ女優の藤村令奈に似ていた。

あの男はこの女とセックスをしたのか。この女がつい数時間前、自分のすぐ上で乱れまくっていたのか。

博は興奮を抑えることができなかった。性器がジーンズを押しあげていた。

女は博の存在に気づくこともなく、切符を買い、改札を抜けていった。

瞬間、尾行することを考えた。ポケットに手を突っ込む。小銭すら入っていなかった。

いや尾行はやり過ぎか。それをすると変態の領域に入ってしまう。

博は早足で自宅へと向かった。気が急いていた。

部屋へ入るなり、女の顔と体を思い浮かべながらマスターベーションをした。博は今日の女を「令奈」と名付けた。たぶん自分には一生縁のないタイプの女だ。それを思うと右手にいっそう力が入った。

昨夜出したばかりなのでさすがに勢いはなかったが、それでも快感は大きかった。

自然と笑みがこぼれてくる。


上の階の男は栗野健治という名前だった。郵便物の宛名を見て知った。どこかのクレジット会社からの利用明細だった。

栗野は毎晩のように女を連れ込んでいたが、休む日もあった。

夜、スカイラインのエンジン音が聞こえ、ドアが閉まるときの音が一回だけだと博は大きく落胆した。

そしてやはり連れ込む女は複数だった。

確認しただけで四人いた。朝出てくるところを駅まで先回りし、彼女たちの顔を間近に見たのだ。もちろん帰るなりマスターベーションをした。

博はそれぞれに名前をつけた。令奈、ルナ、樹理、秋菜。すべて似ているＡＶ女優の名前からとった。いずれも平均以上で、街を歩けばナンパされそうな若い女ばかりだった。

博は秋菜がお気に入りだった。あのときの控えめな声が、懸命にエクスタシーをこらえているようで余計に淫靡《いんび》なのだ。おのずと自慰行為にかける意気込みもちがった。

嫌いなのはルナだ。ギャーギャーうるさくて情緒に欠ける。顔も淫乱そうだった。

栗野が何者かはわからない。どうせ軽薄なホストか何かだろう。博にはどうでもいいことだった。

不安定な椅子に乗ってのマスターベーションは危険が伴うのでテーブルを寝室へ移動した。ベッドからテレビが見られなくなったが我慢することにした。

精液が飛び散るのはコンドームを装着することで解決した。感触は鈍るけれど部屋が精液臭くなるよりはましだと思った。

けれど十日もすると肩、首、腰が痛くなった。

やはり無理な姿勢なのだ。すぐにセックスを始めてくれればいいものの、ときには一時間ぐらいおしゃべりしていることもあった。博はその間ずっとテーブルの上に中腰でいるのだ。

博は今、「コンクリート・マイク」を買うべきかどうかについて迷っている。

エッチな男性向け雑誌には必ずといっていいほど広告が出ているので、その存在は知っていた。マイクを聴診器のように壁にあて、スイッチを入れるとイヤホンを通じて壁の向こうの音がクリアに聞こえるという盗聴装置である。

躊躇《ちゅうちょ》する理由は二つあった。

ひとつは高価なことだ。いちばん安い機種でも二万円ほどした。貯金を崩して生きている身としてはいかにもきつい。

もうひとつは自意識が邪魔した。そこまですると変態の領域に足を踏み入れてしまうのではないか。そんな恐れが博にはあったのだ。

女たちが駅の改札を抜けていくとき、何度か尾行してみたいという誘惑に駆られた。けれどそのつど博は我慢した。これでも理性は持ち合わせているのだと自分を踏みとどまらせた。これがオタクなら迷わず実行に移すのだろう。欲望に忠実な彼らが羨《うらや》ましいものだ。

ただ、どんなものか見てみるのもいいかな、とだけは思った。

どうせ時間は腐るほどあるのだ。それに繁華街も歩いてみたい。電車賃がもったいないという理由で、ここ数カ月は歩いて行ける範囲にしか出かけていない。

博は広告の地図を頼りに秋葉原へ行ってみた。念のために三万円ほど銀行でお金を下ろし持参した。

電車に乗ると着飾った若い女がたくさんいることに少し驚いた。地元にいると見かけるのは中高年の女ばかりだ。若い女たちの胸や尻にどうしても目がいってしまった。

こいつらも、栗野のような軽薄な男に抱かれているのだろうか。

吊り革につかまりながら一人ムラムラとした。

今夜は秋菜が来てくれないかと思った。

くだんの店はガード下の薄暗い商店街にあった。各店は三坪ほどの小ささで、測定器やコードなど色とりどりのパーツが所狭しと陳列してある。

店の看板を見つけ、その前に立った。通りに面した陳列ケースには、各種盗聴器が並べられていた。広告に出ていたコンクリート・マイクもあった。どれも結構な値段だ。

奥をのぞくと分厚い眼鏡をかけた色白の若い男が一人で店番をしている。どうせおまえも盗聴マニアなんだろう。博は蔑《さげす》んだ目でちらりと見やった。

「そこにあるの、安くなりますよ」眼鏡が声をかけてきた。

「ふうん、そうなの」

「何をお探しですか」

「あ、いや、たまたま通りかかっただけなんだけどね」悠然と答えたつもりだったが顔が熱くなった。

しばらくこちらを見てから眼鏡が雑誌に目を落とす。このサエない男ならいいか。博はなぜかそんなことを思った。

「ちなみに、このコンクリート・マイクっていくらになるわけ」

今度は博から話しかけた。二万五千円の値札がついたものだ。

眼鏡がカウンターから出てきて博の横に立った。自分より十センチ以上背の低い小男だった。哀れみを覚える。

「一万八千円までなら」

「ふうん」

無関心を装うものの心がはやった。これを手に入れたら、上の部屋の声はもっと鮮明に聞こえる。しかもコップに耳をつけるという無理な体勢でなく。

「ちょっと見てみますか」男がショーケースの鍵を開けて商品を取りだした。「この部分がマイクで、これをコンクリートにあてると壁の向こうの音が聞こえてくるわけですね」

「へー、面白そうだね」

「電池は単三が二本で三十時間ぐらいはもちます」

「ふうん」

「もっと高性能の機種もありますが、一般のマンションの壁だとこれで充分だと思います」

「へー、そうなんだ」

「ボリューム調整すればたいていの壁には対応できます。保証期間は一年です」

眼鏡は商品説明をするとコンクリート・マイクをしまいかけた。

「じゃあ、それ、もらおうかな」

博は思わず言っていた。これを逃すと手に入れる機会はないと思ったのだ。

「ありがとうございます」眼鏡が無表情のまま頭を下げる。

「まあ、ものは試しっていうから……。ぼく、マスコミ関係の仕事をしてるからいろんな製品に詳しくないといけないしね。あはは」

言い訳しつつ汗をかいていた。一刻も早く支払いを済ませてこの場を離れたくなった。

眼鏡は商品を箱に詰めながら、「お客さん、どの雑誌の広告を見たんですか」と聞いてきた。博は思わずエッチ系の雑誌の名前を告げてしまった。

この男は、最初から博を通りがかりの客だとは思っていなかったのだ。

猛然と腹が立った。このチビが、と罵《ののし》りたくなった。店をあとにしながら二度と来るものかと思った。

しかし足取りが軽いのも事実だった。

コンクリート・マイクを手に入れたのだ。

これで今夜から無理な姿勢を強《し》いられることなく、思う存分盗み聞きができる。

消費税込みで二万近い散財は痛かったが、浮きたつ気持ちの方が大きかった。

博は帰るなり、まずは隣の部屋でコンクリート・マイクをテストしてみた。隣には年金生活者と思われる暗い老女が住んでいる。

電池をセットし聴診器のように壁にあてると、イヤホンを通じて確かにテレビの音がくっきりと聞こえた。再放送のドラマを見ているのだとすぐにわかった。老女の咳払いまで聞こえる。

ただし少しでもマイクをずらすと不快なノイズが耳をつんざいた。長時間使うなら固定した方がよさそうだった。さらに商品名が示す通り、コンクリートの部分がより安定して音を拾うこともわかった。

このアパートは欠陥住宅らしく角の梁《はり》にしかコンクリートを使っていない。壁も天井も恐らくは空洞なのだ。

博は天上隅《すみ》の梁の部分にマイクをガムテープで固定した。これで両手が自由になる。そしてもっといいことを思いついた。延長コードを使えば、ベッドに寝ながらにして聞くことができるのだ。

すぐさま電器店に走った。ミニプラグの延長コードはなかなかなく、三軒歩きまわってやっと手に入れた。

準備は万端だ。栗野君、女を連れて帰ってきてくれよな。博は見知らぬ住人に君づけで祈っている。

午前零時を回ったころ栗野の車は帰ってきた。博の心臓が高鳴る。テレビを消した。ドアが閉まる音が二回。

ありがとう栗野君――。感謝の気持ちで一杯だった。

玄関へと急ぐ。今夜は誰だ。令奈か、ルナか、秋菜か。

レンズをのぞくと、やがて前を通り過ぎたのは新顔の女だった。それもこれまでとは明らかにタイプがちがう清楚なお嬢様風だ。階段を上がりながら、黒髪が上品に揺れている。

どうしてだ。栗野みたいな馬鹿で軽い男に、女はどうして簡単にやられてしまうのか。

あわててベッドに身を横たえ、イヤホンを耳に装着した。マイクのスイッチを入れる。

足音がドンドンと鼓膜を震わせる。やはり床の音をいちばん拾ってしまうようだ。

（お邪魔します）

そのとき女の声がはっきりとイヤホンから聞こえた。博は興奮に震えた。

（はい……いただきます）

何か食べ物を勧めているようだ。どうせ女の歓心を買うために甘いものでも買い置いているのだろう。馬鹿男め。でも興奮はいっそう高まった。

男の声は聞き取るのがむずかしかった。たぶん周波数の低い音は拾いにくいのだろう。女も小声になると何を言っているのかわからなかった。

上の部屋では三十分ほどおしゃべりが続いていた。博はすでにパンツを下ろし準備をしている。寝たままで自慰行為ができるのがしあわせだった。

声がやんだ。いよいよか。窓を小さく開け、隣の壁に映る上の部屋の窓の明かりを見る。まだ消えてはいない。

（やめてください）

そのとき、女のいやがる声が聞こえた。

（やめて……やめて……）

同じ言葉をずっと繰り返していた。

博の心臓は激しく波打っていた。

男は低い声でなにやら話しかけている。懇願するような口調だった。

（やめて……やめて……）

女を応援したいのと、栗野を応援したいのと、半々だった。あの清楚な女の子には貞淑でいてほしい。でもあのときの声も聞いてみたい。

女は五分ほど拒み続けたのち、(じゃあゴムは着けてくださいね)と言った。

窓の隙間から外を見る。電気が消された。胸が締めつけられた。

しばらくイヤホンからは何も聞こえてこず、十分ほどするとギシギシというベッドの軋み音が響きはじめた。

やがて控えめなあえぎ声がした。

(あ……あ……あ……)

たまらず博は射精した。

女は最後まで大きな声はあげなかった。それが余計に興奮を呼んだ。

ティッシュを屑籠《くずかご》に放りながら、いやなら男の部屋なんかに来るなよと思った。来ればやられるに決まってるだろう。それとも拒否したのはポーズだったのか。

その夜はせつなくて眠れなかった。股間を握ったまま じっとしていた。

そしてもちろん翌朝は女が帰るのを待ち、駅まで先回りした。

本当に清楚な感じの女だった。今どき黒髪というのが妙にそそった。

ゆうべ男に抱かれたことなどおくびにも出さず、普通の表情で切符を買っている。

女はみんなこうなのか。いやいや男にセックスさせても、一夜明ければ忘れることなのか。やり場のない憤りを感じた。

近寄って、「ゆうべはお楽しみだったね」と耳元でささやきたい衝動に駆られた。

それをしたら女はいったいどんな顔をするのだろう。

でも考えただけでやめた。変態にはなりたくなかった。

博は帰ってまた自慰行為に耽った。女には「かほり」という名をつけた。

3

栗野が女を連れ込むのはおおよそ週五日のペースだった。レギュラー組に加え、一夜限りの女が来ることもままあった。そんなときは博の心が躍った。あのときどんな声を出すのか、楽しみでならなかったのだ。

信じられないことに、かほりは再びやってきた。（やめて……やめて……）と言いながらまたやられたのだ。

興奮を味わいながらも、腹立たしかった。

女なんて絶対に信じるものかと思った。

博の頭の中はセックスのことで一杯だった。一日中そのことを考えていた。図書館で時間をつぶしていても、カウンターの女の職員を盗み見ては、あの女だってやってることはやってんだと一人心の中でつぶやいている。

一度、栗野が三日ほど部屋をあけたとき、博は五反田《ごたんだ》の性感ヘルスへ行った。金髪の若いだけが取柄の女に素股で処理してもらった。女はやる気がなく態度は最悪だった。おまけに出された飲み物に口をつけたらそれが一万円で、さらには振りかけられたパウダーが一万円で、「触っていいよ」というので胸を揉《も》んだら二万円で、基本料金と合わせて計五万円も請求されてしまった。

柄の悪い男に付き添われ、銀行で金を下ろした。

残金は二十万を切りかけていた。しばらく暗い気持ちだった。

今日の博は、図書館の閲覧コーナーで新聞の求人欄を見ていた。

歳は三十二だし、四年制大学は出ているし、まだ大丈夫だ。そう自分に言い聞かせている。大学だって難関で知られ、女が寄ってきて当然の一流私大なのだ。

博は卒業後、一度メーカーに就職していた。性に合わなくて二年で辞めた。たまたま出版社に勤める元同級生がいたので、フリーのライターになったのだ。

後悔はしていない。満員電車に揺られる人生なんて、東大を出たって意味がないものだ。

ソファで新聞を広げていたら向かいにいつものデブ女が座った。文庫本を広げている。いったい何をやっている女なのか。まだ三十前だろう。仕事はしていないのか。

不愉快なので新聞で顔を遮った。

ただ足元は新聞の下から見えた。太い足だ。秋菜やかほりとは大ちがいだ。

今度は新聞を膝に乗せ、それとなく胸を見た。

さすがにたっぷりとしていた。セーターの上からでもその柔らかさが想像できる。

博の股間が少し持ちあがった。

咳払いして足を組む。サエない女のくせして、このおれ様を欲情させるとは。

顔を見ると目が合ってしまった。

女が小さくほほ笑み、会釈する。博はつられて頭を下げてしまった。

博は訝《いぶか》る。この女は自分に気があるのか。

どうしていいのかわからずその場を離れた。階段を上がって二階の図書室へ行った。書架の間を歩き、映画本の棚で面白そうな本を探した。

女の豊かな胸が瞼に焼きついていた。わしづかみしたい誘惑に駆られる。

あの女ならまず自由にできるだろうと思った。どの男にも相手にされていないはずだ。脱げと言えばおとなしく脱ぎ、やらせろと言えば拒んだりはしないだろう。

また博の股間が持ちあがる。今度は確かな熱をはらんでいた。

誰とでもいいから、急にセックスがしたくなった。

書架の間を移動する。目の前にあの女がいた。立って本を読んでいた。

自分を追いかけてきたのだろうか。もしかして誘っているのか。

博は同じ通路で本を探すふりをした。女が全身で博を意識しているのがわかった。間違いない。声をかけられるのを待っているのだ。

急に喉が渇いた。何度も咳払いする。

大胆にも女が近づいてきた。博のすぐ隣で背伸びをする。上の棚の本が取りたいようだ。

女の匂いが鼻をくすぐった。薄い化粧と、若い女のフェロモンの香りだ。

「どの本？」博は声をかけていた。

「あ、すいません。あの赤い背表紙の本ですけど」女の顔に笑みが広がる。間近で見ると、美人ではないがブスというほどではなかった。

本を抜き取り、手渡してやった。胸を見る。喉が鳴りそうなのを博はこらえた。

「よく図書館でお見かけしますね」女がはにかみながら言った。

「うん、そうだね」

「お仕事、何をなさってるんですか」

「マスコミ関係。調べることが多くてね」

「あ、そうなんですか」

「まあ、暇だってこともあるんだけど」少し正直に言った。

「うふふ」女はデブのくせにシナを作っている。

「そっちは？」

「わたしですか？　わたしはテープリライターなんです。マスコミの人なら知ってると思うけど、テープ起こしをしてるんです。あんまり出かけることがない仕事だから、つい図書館とかに来ちゃうんです」

そういうことか。働いてはいるんだ。

「お住まいはこの近くですか」女が聞く。

「うん。もっと駅の方角だけど」

「わたしは緑公園の隣です。一階がコンビニのマンション」

「ああ、だったら知ってる。いいところに住んでるね」

「ううん。もう古いマンションだから……」

少し会話が途切れる。女は目を伏せ、照れた仕草をした。頬が紅潮していた。

むしゃぶりつきたくなった。性器がズボンを押しあげている。

「よかったらどこかで話でもしない？」

うわずることなく言えた。相手はサエない女だ。臆する理由などひとつもない。

「ええ、いいですけど」女が硬い表情ながら白い歯を見せた。

「これから君の部屋に行くっていうのは？」

「ええ……いいですけど」

博の頭の中で鐘が鳴った。やれると思った。

女の先導でマンションへと向かった。道すがら自己紹介し合う。女は玉木小百合と名乗った。なあにが小百合だ。親を出せ。でも甘い気持ちの方が先走っていた。

部屋に入ると、若い女のそれらしく全体が小ぎれいに整頓されていた。窓際にはベッドがあり、花柄のカバーがかけてある。

小百合が紅茶をいれた。博はゆっくりとすすりながら、小百合の胸と尻ばかりに目がいっていた。小百合は自分の仕事の話などをしていたが、まるで耳に入ってこなかった。

小百合がカップを片づけようと手を伸ばしたところで、博はその手をつかんだ。

「きれいな指だね」今度は声がうわずった。

小百合は顔を真っ赤にして伏せている。絨毯《じゅうたん》の上を這《は》うように移動して小百合に抱きついた。床に押し倒し、キスをした。

小百合が口を開く。博の舌を受け入れた。

ほら見ろ。最初からその気だったんだろう。興奮がいっきに高まる。

右手で胸をまさぐった。

「ちょっと、待って……」小百合がか細い声を出す。「この先はベッドで……」

博は立ちあがるとベッドに移動した。

振り返ると小百合は自分から服を脱いでいた。

博も服を脱いだ。焦ってズボンを脱ぐとき転びそうになった。

小百合がベッドに腰を下ろす。博は飛びかかるように首に抱きついた。

女の「あーん」という声が耳元で響く。この柔らかな声に博はいっそう奮い立った。女は声だ。あのときの声なのだ。

胸に顔を埋《うず》める。乳房を舐《な》めた。肩も首も顔も舐めた。

いよいよ中に入ろうとしたとき、小百合が「できないようにしてね」と小さくささやいた。

当たり前だ。おまえなんかに妊娠されてたまるか。人の人生を何だと思っている。

博は小百合の足を持ちあげ、せっせと腰を振った。小百合の肉がゆさゆさと揺れている。肉と肉が当たってパンパンという音が響く。

五分ほど動き、博は小百合の腹の上に放出した。

荒い息をはく。全身にびっしょりと汗をかいていた。

汗の滴《しずく》が、博の鼻先から小百合のおなかに落ちた。

小百合の横に転がると狭いシングルベッドは満員になっていた。


帰り道、博の胸中は複雑だった。セックスをした満足感はあるものの、同じくらいの割合で自己嫌悪があったのだ。

事後、小百合は恋人のように甘えてきた。うっかり博も応じてしまった。

腕枕をして髪を撫でてやると、小百合は「うふふ」と笑い、博の首に舌を這わせてきた。互いにむさぼり合うと二回目が始まったのである。今度は小百合が上に乗り、あられもない声をあげた。博の腰の上でゆさゆさと山が揺れていた。

そして先にベッドから降り、あらためて小百合の裸体を見ると、その姿はまるでトドだった。

下半身が冷めると頭も冷める。

いくら飢えていたとはいえ、よりによってこんな女と……。

おれも落ちぶれたものだ。博は女に聞こえないようにため息をついた。

小百合は電話番号を交換することを求めてきた。博はそれにも応じてしまった。

つきまとわれたらどうしようという一抹の不安があった。

もっともそのときはちゃんと断ればいい。情けなどかける必要はないのだ。

それに緊急用の女を確保したと考えることもできる。たぶん小百合は言いなりになる女だ。どうしてもやりたくなったとき、役立てればいい。

アパートに帰ると留守番電話の着信ランプがついていた。めったにないことだ。聞くと、唯一の仕事先の編集部からだった。電話をくれとメッセージが入っていた。

暗い気持ちが湧きおこる。今の仕事を切られたら、収入はゼロになる。おまけに知った人間の声も聞きたくない。

仕方なく電話をかけると、送った原稿の些細《ささい》な確認事項だった。驚かせやがって。冷や汗が出る。

「杉山さん、最近何やってんですか」ついでという感じで担当の編集者に聞かれた。

「いろいろだよ。広告の仕事とかもやってるし」嘘を言った。顔が熱くなる。

「あ、そっちの仕事をやってるんだ。いやね、ここんとこ顔も見せないから、どうしてるのかなって、みんなで噂してたんですよ」

「あ、そう」頬がひきつった。

「忙しいのなら結構じゃないですか」

編集者はそれだけ言うと電話を切った。

おれのことが噂になっているのか。顔は熱いくせに、肩から肘にかけて悪寒《おかん》が走った。椅子に腰を下ろし、深くもたれかかった。

机の上のトレイにペーパーナイフがあった。有加という若いライターの女がくれたものだ。

有加は小柄で童顔の女だった。専門学校を出たてのため仕事は半人前だったが、明るい性格で編集者や仕事仲間から好かれていた。何度か一緒に仕事をした。二年前、ひょんなことから彼女の誕生日を知り、博は万年筆を贈った。渡すときは少しドキドキした。

有加は「こんな高価な物、困ります」と真顔で言っていたが、それでも受け取り、お返しにペーパーナイフをくれた。

その次の日曜、博は映画に誘った。

家の用事があって、と断られた。

そのまた次の日曜も映画に誘った。

今度は、仕事が入ってて、と断られた。

三週目は食事に誘った。

みんなと一緒ならいいですよ、と言われた。

なんだ、照れ屋さんなのかと思って了承すると、翌日、五つほど年下の男のライターに編集部の廊下に呼びだされた。

「有加ちゃん、いやがってるんですけどね」男は言った。

「君には関係ないだろう」むっとして博が言い返す。

「相談されりゃあ黙ってるわけにはいかないでしょう。それに二度三度と断られればわかりそうなことじゃないですか」

腹が立った。どうしてこんな三流大学出のライター風情《ふぜい》に説教されなければならないのか。

納得がいかなくて有加に直接聞いた。

有加は目を合わせず「ごめんなさい」を繰り返すばかりだった。

信じられなかった。別に高望みをしたわけじゃないのに。有加など十人並の容姿の専門学校出ではないか。こっちは天下のW大の政経学部を出ているのだ。高校だって御三家といわれるところだ。本来なら有加には縁のない人間だろう。

確認の意味で手紙を書くと、ライターの男がその手紙を持ってまたやってきた。

「これ、返します。中身、読んでませんから」男はにやりと笑った。「ぼく、有加とデキちゃったんですよ。申し訳ないッスね、先輩」

博は頭の中が真っ白になった。

その後、編集部に行くとライターたちが自分を避けるようになった。博が入っていくと会話がぴたりとやむこともあった。笑われている気がした。

屈辱だった。どいつもたいした学校を出ていないくせに。

それ以来、編集部から遠ざかるようになった。忙しいからと嘘をつき、人と顔を合わせる仕事はすべて断るようになった。

また噂になっているのか。それはどんな噂だろう。あのライターの男はほくそ笑んでいるにちがいない。

気が滅入った。博は奥の部屋のベッドへと歩き、体を丸めた。

これからのことは考えたくない。今は上の部屋の声だけが生きがいだ。

股間に手をやった。今夜も女を連れ込んでくれることを願っていた。

果たして栗野はその夜も女同伴だった。レンズからのぞくと、かほりだった。

三度目だ。どうしていやだいやだと言いながら、こんな男の部屋にのこのことついてくるのか。

いつもの通り、コンクリート・マイクのスイッチを入れて盗み聞きした。

その夜は（やめて……やめて……）はなかった。どうやら素直に服を脱いだらしい。

でも、こんな声が聞こえた。

（えー、わたし、したことないんです）

男の甘えたような声も聞き取れた。（やってよ、頼むから）

口でやらせようとしているのだとすぐにわかった。

昼間二回射精したばかりだというのに博の性器が隆起する。

かほりは、あの口で栗野の要求に応じるのか。

胸が締めつけられた。やりきれなかった。

やがて（おー、おー）という男の低いうめき声がした。

せめてもの慰めとして、自分の右手をかほりの口だと思うことにした。

二十分ほど続いたのち、ベッドが軋みはじめた。

かほりのあえぎ声は以前よりずっと大きくなっていた。

その声が最高潮に達したところで博も射精した。

昼間のセックスより、今のマスターベーションの方がはるかに気持ちよかった。

翌朝、例によって駅に先回りしてかほりの顔をとくと見た。

ミスコンに出ても決勝に残れそうな美人だと思った。

この口で、したのか。

生きているのがいやになった。世の中は狂っている。どうして栗野みたいな馬鹿男が夜な夜ないい女をものにして、自分のようなすぐれた男がデブの小百合で我慢しなければならないのか。

改札を抜けていくかほりの尻を見た。引き締まったそれが小刻みに揺れている。

初めて自分が性犯罪に走りそうな危険を感じた。

いや、それだけは避けなくてはならない。実家には両親も兄もいる。三十二で人生を台なしにすることはできない。

博は小百合に電話した。「これから行ってもいいか」と聞くと、小百合はうれしそうに承諾の返事をした。

口でやらせようと思った。目を閉じて、かほりの口だと思うのだ。

4

小百合とはもう十回以上会っていた。もちろんセックスをするためだ。

それも午前中が多かった。朝の駅で、ゆうべ上の部屋で悶《もだ》えた女たちを見ると、どうしても湧きおこる欲情を抑えることができなかったのだ。新顔の女のときは尚更だった。

一日に二回射精することが多くなったが、罪悪感などまるでなかった。

どうでもよくなっていた。この先目的があるでもなし、金だって底をつきはじめている。

とくに小百合を抱いたあとはむなしくなった。ベッドに横たわる肉の塊を見ると、憎悪すら覚えた。

ただ情けないことに、博の気が安らいだのも事実だった。小百合は唯一の話し相手だった。

おまけに博の言うことはなんでも聞いてくれた。尽くすタイプの女だった。

目の下に隈《くま》を作っていると、昼飯にレバーを焼いてくれた。靴下に穴が開いていると、新品を買ってきてくれた。

小百合は普通のカップルのようなデートをしたがった。映画に行きたいと言い、情報誌を見せては「ここのレストラン、おいしそう」と誘ったりした。

もちろん博は拒絶した。こんなサエない女を連れて外など歩きたくなかった。

その日も小百合の部屋でセックスを済ませると、博はさっさと服を着た。

「博さん、もう行っちゃうの」小百合がベッドの中で言う。

「ああ、忙しいんだよ」冷蔵庫を勝手に開けて牛乳を飲んだ。

「今日は日曜日じゃない」

「会社員じゃないから関係ないの」

「もっと一緒にいたいのにィ」

おまえが甘えた声を出すな。トドの分際で。

「忙しいなんて嘘でしょ」

「嘘じゃねえよ」

「嘘よ。博さん、そんなに仕事してる感じしないし、どちらかっていうと暇っていうか、毎日ぶらぶらしてるっていうか……」

「知りもしねえくせに勝手なこと言うな」

「でも、忙しいのならお金だって稼いでいるはずでしょ。それならもう少しいい服着るとか、身ぎれいにするとか……」

「うるせえよ」とがった声を出した。「着飾る趣味なんてねえんだよ」

「ねえ、これからデパート行こ。わたし、洋服買ってあげる」

「ふざけるな。おれは物乞いじゃねえぞ」さすがに感情を害した。

部屋に沈黙が流れる。しばらくして小百合がぽつりと言った。

「結局、博さんはわたしの体が目当てなのね」

「あのなあ……」

言葉が出てこない。猛烈に腹が立った。何をいい女ぶっているんだ。どこを押せばそんな台詞《せりふ》が出てくるのだ。そういう台詞は、街を歩けば誰もが振り向くセクシー美女が口にして様《さま》になるものだろう。おまえみたいなデブで、ブスで、頭の悪い女が……。

　ふと机の上の紙の束に目がいった。プリントアウトされた原稿が積み重ねられていた。

　――そこに指先が触れた。夏子は思わず小さな声をあげ、目を閉じた。「もう濡れてるのか。相変わらずの淫乱女め」「いやっ、意地悪を言わないで」夏子は身をよじらせ切なそうに懇願した。――

「何だこりゃ」博が原稿を手に取る。

「だめえ」それを見た小百合が、裸のまま顔を真っ赤にして駆け寄ってきた。「だめえ、読んじゃだめえ」

「おまえ、ポルノ小説なんか書いてんのか」

「ううん、ちがうの。テープ起こしの原稿。作家が口述でテープに吹き込んだものをわたしが原稿に起こしてるの。前にも言ったでしょ。テープ起こしの仕事してるって」

「ポルノ小説専門なのか」

「ちがうわよ。いろいろやってるわよ。たまたま最近は官能小説の仕事が続いてるだけ」

　そうだったのか。博は合点がいった。

「おまえ、これを書いてて、それでムラムラして、図書館でおれを誘ったんだろう。体がうずいて我慢できなくなったんだろう」

「ちがうわよ。どうしてそんなことを言うの。博さんのことはもっと前から気になってたの」

　小百合は下着をつけるとベッドを直し、その上にベタ座りした。その姿勢だと小百合の肉体がいっそう膨張して見えた。

「博さん、ほかに女がいるわけじゃないんでしょ」

「関係ねえだろう」

「いいじゃない、もっとやさしくしてくれても」

「うるせえよ」

「お互い理想のタイプじゃないかもしれないけど、人間って一人で生きていくのはとっても淋しいし、似た者同士が肩を寄せ合って生きていくのって悪いことじゃないと思うの」

似た者同士だと？　言うにこと欠いて……。頭に血がのぼった。

「こう言っちゃあ何だけど、わたしと博さんは釣り合いがとれてるって言うか……」

かっとなり、机の上にあったペン立てを投げつけた。それは小百合の足に当たり、ペンが部屋に散乱した。

「何するのよ、ひどいじゃない」小百合が足をさすっている。「ひどいわ、ひどいわ」しくしくと泣きだした。

博は上着を手にすると部屋を飛びでた。もう二度と来るものかと思った。どうせ緊急避難用の女だったのだ。あんな女とやるよりも、秋菜やかほりの声の方がずっといいのだ。

怒りで全身が震えていた。

アパートに帰るとすぐ前にトラックが停まっていた。運送会社の社名が車体に書いてある。

住人の誰かが引っ越すのかなと思い、入り口をくぐると栗野と鉢合わせた。栗野は両手で段ボール箱を抱えていた。

「あ、失礼」道をあけながら血の気がひく。栗野が引っ越すのか？　嘘だろう？　まだここへ来て二カ月かそこらだろう。

呆然としたまま部屋に入る。天井では複数の足音が響いており、それは荷物が運びだされていることを意味していた。

レンズから外をのぞいた。作業服を着た男たちが家具を担ぎ、何度も階段を往復していた。分解されたベッドが運びだされた。マットレスも。

博は奇妙な空白を味わっていた。

たいして荷物はなかったのだろう。作業は一時間ほどで済み、トラックは走り去っていった。裏の駐車場でスカイラインのエンジンがかかる。栗野もいなくなった。

博はベッドに横になった。天井を見つめる。何も考えられずそのままじっとしていた。動く気にもなれなかった。

夜になってコンクリート・マイクのスイッチを入れた。「サーッ」というノイズが流れるだけで、ほかは何も聞こえてこなかった。

何かの間違いであってほしかった。家具を買い替えるために古い家財道具を処分したとか、少しの間留守にするだけとか。

もしかして女の声が聞こえるのではないか、そんな思いでいつまでもイヤホンを装着し続けていた。

午前零時に近くなって博はシャワーを浴びることにした。気持ちは暗く沈んでいる。これからどうしていいかわからない。

湯の蛇口を捻る。いつまで経《た》っても温かくならなかった。外に出て給湯器を調べると故障を示す赤ランプが点いていた。

踏んだり蹴ったりだな。ため息をつく。博は数年ぶりに銭湯へ行くことにした。

四百円という金額に驚き、毎日は来られないなと思った。脱衣場で服を脱いだ。ずっと下を見ていた。自分の足元ばかりを見ていた。

洗い場でもうつむいていた。黙々と体を洗った。髪もシャンプーした。

湯船に浸かりながら目を閉じた。このまま溶けてなくなりたい気分だった。

風呂からあがると脱衣場に体重計があった。一瞬頭に痺《しび》れるような感覚が走る。博はふらふらと見入られたように体重計に近づき、両足を乗せた。

《120》という数字がデジタルで表示されていた。

目の前の鏡を見た。肉の塊がそこに映っている。

ここ数年、鏡を見なかった。部屋にはいっさい置かなかった。バスルームの鏡も外していた。

街を歩くときでも、ショーウインドウに不意に映る自分を見たくなくて、ずっと下を見て歩いてきた。

手でおなかの肉を持ちあげた。離すと、そこだけプリンのように揺れていた。

精神を集中し、首から上だけを見ることにした。顔は悪くない。目だって二重《ふたえ》だ。なにより自分には明晰な頭脳がある。W大の政経学部を出たのだ。その気になれば東大の法学部にだって入れたはずの男なのだ。

アパートに帰り、またコンクリート・マイクのスイッチを入れた。

何も聞こえてこないはずなのに、博は一晩中イヤホンを外さなかった。


栗野が引っ越して、博はすることが何もなくなった。一日中部屋に閉じこもってテレビを見ていた。心にポカンと穴が開くとはこのことかと思った。夜になると秋菜やかほりの声を思いだしては、毎晩自慰に耽っていた。

銀行で残高を調べると、とうとう十万円台前半に差しかかっていた。外食はいっさいやめて自炊に切り替えた。米を炊いて、インスタントラーメンをおかずに食べていた。

そんなとき仕事先の編集部から電話がかかってきた。担当者が人事異動でよそに移ることになったという知らせだった。

「長らくお世話になりました。今度は女性誌なんですよ。女ばっかの職場で肩身が狭いッスよ。それで杉山さんにお願いしてた新製品紹介のページ、担当が代わることになったんですが、どうしましょう。杉山さん、これからもやる気あります？」

「うん？　おれはどっちでもいいけどね」ついそう言ってしまった。

「だったらもっと若いライターに振り分けてもいいですか」

「ああ、いいよ」答えながら血の気がひく。

「そうですよねえ、杉山さんみたいなベテランのライターにあの仕事は単純過ぎますからね。わかりました。じゃあ新しい担当にはそう言っておきますから。どうも長い間ありがとうございました」


電話が切れると目の前が真っ暗になった。指先が震えた。

収入がゼロになった。この先は家賃も払えなくなるのだ。

博はベッドに駆け込み、布団を被った。

いよいよアウトだ。しかも世間からすべてのつながりがなくなってしまった。

最悪の事態に博は打ちのめされていた。


夜になって博はアパートを出た。孤独に耐えられず、人の匂いを嗅《か》ぎたかったのだ。

電車賃が惜しいのでひたすら歩いた。一時間かけて渋谷にたどり着き、盛り場をうろついた。

若い女ばかりが目についた。女たちの尻や胸を見ては、ズボンのポケットから自分の性器を撫でていた。

通りの植え込みにはホームレスの男たちが揃って横になっていた。とても他人事には思えなかった。自分もああなるのだろうか。彼らがどうして棲家《すみか》をなくしたのか、初めてわかった気がした。

信号待ちしている女の二人組がいた。すぐうしろに立ち、女の匂いを嗅いだ。股間がみるみる膨れあがった。

そのとき、目の前にスポーツタイプの車が停まった。助手席から茶髪の男が顔を出す。

「ねえ、何してるの？　乗らない？　どこでも送っていくよ」

女たちの顔に笑みが弾《はじ》けた。「えー、どうしよう」満更でもない様子でシナを作っている。数分のやり取りの後、女たちは車の後部座席に乗った。太いエンジン音を響かせ、男女四人は去っていった。

あいつらはできてしまうのだろうか。欲情が喉元まで込みあげてきた。

小百合を抱きたくなった。贅沢《ぜいたく》は言っていられない。博の知っている女は小百合だけなのだ。つかの間でもいい、誰かに慰めてもらいたい。

小百合のマンションを目指して博は歩いた。空腹でおなかが鳴る。ついでに飯を食べさせてもらおう。うまくいけば金の工面もしてくれるかもしれない。そうだ、ヒモになればいいのだ。あの女に働かせて、自分はパチンコでもして暮らせばいいのだ。

マンションに到着し、エレベーターに乗った。先日のことを謝るべきかと思ったが、いや下《した》手《て》に出ることはないと一人かぶりを振った。小百合だって男には飢えているのだ。あくまで強気でいけばいい。

呼び鈴を押す。小百合の「どなたですか」という声が聞こえた。

「おれだけど」

小百合が黙る。ドアの向こうで立ち尽くしているのが気配でわかった。

「開けてくれよ」

まだ小百合は黙っている。しばらくしてコトリと錠《じょう》が外された。

ドアを開ける。ネグリジェ姿の小百合が立っていた。足元に目がいく。男物の靴があった。奥をのぞいたら四十代半ばくらいのぶさいくな顔の男がテーブルでビールを飲んでいた。

男が博を見て、ポカンと口を半開きにしている。

「おい小百合、誰だ、あの男は」

「ちがうの。博さん、ちがうの」小百合が懸命にかぶりを振った。

「この淫売が。おれがいなくなって早速別の男をくわえ込んだのか」

「そうじゃないの。話を聞いて」

頭に血がのぼった。靴を脱ぐと小百合を押しのけ部屋に上がった。

「あ、いや、何かな」男があわてている。「おれは関係ないんだけど」腰を浮かせ、あとずさりした。

「うるせえ、この間男が」博が男を怒鳴りつける。

「待って、博さん。お願いだから」

「やかましい」すがる小百合を振り払い、男に迫った。

「ちょっと、おにいさん、冷静になろうよ。おれはただ図書館でスポーツ新聞を読んでたら、そこのおねえさんが――」

「やかましいって言ってんだろう」

男の胸倉をつかみ引き寄せた。

「ちょっと、小百合さん、これどういうこと？」

「うるせえっ」

男の頬に拳《こぶし》を打ちつけた。男が床に倒れ込む。

「痛《いて》えな、おい、何をするんだ。やめろよ」

激情が湧いてきた。今度は回し蹴りを男の顔面にヒットさせた。男はうめき声をあげ、その場にうずくまっている。

「おい、立て。このくそオヤジが」博が上から怒声を浴びせた。

「……にいちゃん、しゃれにならんぞこれは」

男が立ちあがる。顔つきが変わっていた。テーブルにあったビール瓶をつかんだ。博も負けじとガラス製の灰皿を手にした。

「お願い、二人ともやめて」

小百合が割って入ろうとするのを博は肘で払いのけた。

男がビール瓶を振りあげ、飛びかかってきた。たちまちもつれ、二人で床を転がった。

「やめて、お願いだからやめて」小百合が泣き叫んでいる。「わたしのために喧嘩なんかしないで」

別の怒りが込みあげた。何を言ってやがるんだ、このデブが。自惚《うぬぼ》れるな。誰がおまえみたいなサエない女を取り合って喧嘩するっていうんだ。

「みんなわたしが悪いの。だから争わないで」

泣けてきた。自分に哀れをもよおした。こんな夜に、こんなサエない女の部屋で、こんな貧相な中年男を相手に戦っている自分に。

涙がポタポタと垂れてきた。

「何だよ、このにいちゃん。頭がおかしいんじゃねえのか」

泣きだした博を見て男がたじろいだ。博から離れると、ビール瓶を捨て玄関へと走る。

「冗談じゃねえよ。デブが二人で何やってんだよ」

靴も履き終わらないうち、転げるように出ていった。

「博さん」小百合が跪《ひざまず》き、博を抱きしめた。「そんなにわたしのことを愛していてくれたのね」

ちがうわい。ちがうに決まってるだろう。でも言葉にならない。ただ涙が溢《あふ》れでるばかりだ。

「ごめんなさい。あなたがいなくなって、わたし淋しかったの。あんな男、好きでもなんでもないの」

うるせえ。何を勝手な誤解してやがる。このブタ女が。博は声をあげて泣いていた。

小百合に手を引かれ、博は立ちあがった。

小百合がネグリジェを脱いだ。

「わたしの胸で泣いていいのよ」

ベッドに二人で横たわった。小百合が博の服を脱がせる。

博は小百合の上になり、まだ硬くなってもいない性器を押しあてた。

「いいのよ、博さんの好きにして」

このデブが。このブスが。おまえなんかどうせ高卒か、名前も知らない短大卒ぐらいだろう。こっちはW大の政経学部を出てんだ。中学高校とずっと偏差値は七十以上だったんだぞ。おまえなんか、おまえなんか——。

「いいわ、とってもいいわ」

腰を振ると小百合があえぎ声をあげはじめた。博はまだ泣いていた。

小百合にのしかかり、首を絞めた。そのまま腰を振る。だんだん性器が硬くなった。

「ちょっと……いや……」

小百合の手が博の腕を引っ掻いた。爪が立てられ、痛みが走る。

博はさらに両手に力を込めた。性器がぐいぐいと締めつけられる。

小百合が白目を剝《む》いた。それでも博は腰を振り続けた。

落ちた涙の滴が、小百合の胸で弾けていた。

ラララピポ

GET UP, STAND UP

第2話

1

　その日の午後も二十三歳のスカウトマン栗野健治は、渋谷の街で女の子に声をかけていた。スカウトマンといってもモデルやタレントの発掘ではない。キャバクラ嬢のスカウトだ。

　キャバクラは女の子の出入りが激しい。一週間で辞めてしまう子はざらで、中には一日店に出ただけでプイと消えてしまう子も珍しくない。それゆえ常に人材が求められていた。街角で女の子に声をかけ、その気にさせ、店に送り込む。それが健治の仕事だ。

　厚底サンダルの馬鹿っぽい女が前から歩いてきた。早速声をかける。

「ねえ彼女。今、どの店で働いてるの」

　最初からタメ口を利くのがコツだ。これで顔をこわばらせるような女はハナから可能性がない。

「えー、わたし学生だけどォ」

　女がはすっぱな声を出した。聞くと短大生だと言う。どうせ名前が書ければ合格という学校だろう。矢継ぎ早に質問を浴びせ、現在地元のパン屋でバイトをしていて時給は九百円だと必要なことを聞きだす。

「うそー。たったの九百円？　もったいないじゃん、きれいなのに」心にもないことだが、この手の演技はすっかり板についていた。「その美貌をお金に換えないなんて、東大生がドカチンやってるようなものじゃん。宝の持ち腐れだよォ」

女の口元から白い歯がこぼれる。つかみはＯＫだ。

「ずばり言うよ。おれ、嘘はつかないから」一緒に並んで歩く。「キャバクラのスカウトやってんの。君なら最低でも時給三千円のお店に送り込める」

「えー。わたしやったことないしィ」

「最初は誰だってそうだよ。生まれついてのオミズなんていないんだもん。ちょっとだけ。お願い。おれの話聞いて」

手を合わせ、懇願のポーズを取った。女が立ち止まる。逃がさないよう前に回った。

「時給三千円で一日四時間、週に五日働くとするじゃん。そうすると月に二十四万円になるわけ。言っとくけどこれは新人でヘルプの時給だよ。本腰入れて指名を取るようになれば収入なんてもっと上がるんだぜ。おれが一年前この場所でスカウトした女の子、今では恵比寿のマンションに住んでＢＭＷ乗りまわしてる。これほんと。あの子、たぶん年収で一千万はいってるんじゃないかなあ」

「うそォ。そんなに」女が目を丸くする。

「嘘じゃないって。だって本人のやる気次第だもん」

健治が機関銃のごとく言葉を浴びせかける。相手に考えさせないため、少しの間《ま》もあってはならないからだ。

この女は興味深げに聞いていたが、すぐそばの事務所まで来てほしいと告げると、さすがに断られた。

すかさず名刺を手渡す。「栗野健治」という名前とケータイの番号だけが書かれたものだ。女を安心させるため、こちらからは名前も電話番号も聞くことはない。

「一回電話してよ。君とおれの唯一の糸。君が電話くれないとこの糸はプツンと切れちゃうわけ。ああそうだ。誰だかわからないといけないから、おれが電話に出たら『渋谷の松嶋菜々子です』って名乗ってね」

「ふふっ」女が吹きだした。

「だって似てるよ君。言われない？」

女は「うまいこと言ってェ」とシナを作りながら上機嫌で去っていく。

健治は上着の内ポケットから手帳を取りだすと、日付と時間、「厚底、メッシュ、出っ歯」というメモ書きをした。小さく吐息をつく。電話があるかないかは五分五分だろう。ただ連絡があればあとは楽勝のタイプだ。

健治は再び街角に立ち、一人歩きの女を物色した。

この仕事に就いて半年になる。クラブのウエイターをやっていたときの先輩に誘われて始めた。ナンパは腐るほどしてきたので難なく馴染《なじ》むことができた。百人に声をかけて九十人にシカトされるような毎日だが、女など別の生き物だと思えばさしてめげたりはしない。

健治は「ハートフル」というモデル事務所に所属している。スカウトした女を一旦その事務所に連れていき、そこで女の希望を聞き、契約先のキャバクラに振り分けるのだ。給料はすべて歩合で、女の稼ぎの五パーセントが事務所、五パーセントが健治に入ることになっている。つまり、できるだけ多くの女の子をスカウトし、キャバクラで働かせることが健治の収入増につながるのだ。

今のところ健治は二十人ほどの女を抱えており、月収は三十万円ほどである。これは少ない部類だ。先輩はその三倍は稼《かせ》いでいる。ハートフルはキャバクラだけでなく風俗店やＡＶ業界ともつながりがあり、先輩はそちらにも女を送り込んでいるからだ。

「おめえよォ、ハクいＡＶ女優を一本釣りするくれえのことしねえと、いつまで経《た》っても国産車だぞ」

というのがベンツを転がす西沢先輩の口癖だ。ＡＶ女優は売れっ子になると月に軽く数百万を稼ぎ、一人だけで月に数十万のコミッションになる。風俗嬢も百万は稼ぐ。そういう女を十人も抱えれば、必然的にスカウトマンもリッチになるという仕組みなのだ。

もちろん健治も風俗やＡＶに女を送り込みたいのはやまやまだ。しかし知らない男の性器を舐《な》めたり入れたりとなると、馬鹿女でもさすがに抵抗感が増す。くどいても断られるの連続で、今のところはキャバクラ嬢のスカウトに甘んじているのである。

また前から女が歩いてきた。今度はワンピースを着た地味めの女だ。うつむき加減に道の端を歩いている。

「ねえ、彼女。五分だけ時間くんない？」

女が弾《はじ》かれたように顔をあげ、すぐさま表情を硬くする。

「怪しい者じゃないよ。いきなり言うけどスカウト。オミズのスカウト」並びかけ、顔をのぞき込むようにして話しかけた。「今はどんな仕事してんの。それだけでも教えてよ」

「……デパートに勤めてますけど」女は消え入りそうな声で答えた。

「ああ、デパガなんだ。いいよなあ、おれ制服に憧れてんだよね。デパガだったら男にもてるんじゃないの」

「いいえ、そんな」目を伏せたまま手を左右に振っている。

「ううん、あなたもてるよ。なんでおれがあなたに声かけたと思う？」ここで歩く速度が緩まる。「可愛かったから」

真顔で言った。女が頬を赤くする。思わず立ち止まっていた。

「そりゃそうだよ。おれだって可愛くない子に声なんかかけないもん。それにあなたやさしそうだしさ。話だけでも聞いてくれるんじゃないかと思って。……デパガって世間の通りはいいけどさあ、たぶん給料はそれほどでもないと思うんだよね。あ、ごめんね。失礼なこと言って。たぶん手取りで二十ちょっとじゃないかなあ……」

「そんなに」女がかぶりを振る。

「うそォ。もっと低いの。あなた歳いくつなの？　……二十歳？　ああそうか。だったらまだ勤めて二年かそこらだもんね。……もったいないよなあ、それだけ若くてきれいなのに。今の服、とっても似合うと思うけど、もう少し派手にしてもいいんじゃないかなあ。思いきってシャネルとかグッチを着てみるとかさあ」

「そんなの無理ですよ」

「全然無理じゃないって。おれがスカウトした女の子たち、みんなそういう服着てるもん。化粧品だってもっと高級なの使ってるし。……あなた絶対に損してると思うな。たぶん自分の魅力に気づいてないんだと思う。やっぱもったいないよ。もしかしてあなた、水商売に偏見ある？」

女が首を横に振る。「偏見ある？」と聞かれてうなずく人間はそういない。

「だったら考えようよ。別におさわりバーとか、そういう店じゃないんだもん。男の人にお酒をついで、おしゃべりして、最低でも時給三千円。そうだ。あなた自宅通勤？」

「はい」

「門限あるの？」

「とくには……」

「そうだよね。もう二十歳だもん。だったらとりあえず今の仕事が終わったあと、午後七時から十一時までの四時間、週三日のシフトで働くとするじゃない。そうすると一日に一万二千円で、週に三万六千円で、月だと十四万四千円になるわけ」暗算が得意なのではない。身についたセールス・トークなのだ。「週に三日だよ。残りの四日は自由なわけ。もしも仕事に慣れて週四日シフトにしたとするじゃない。そうすると月に十九万二千円になるんだよね」

女の表情がかすかに緩む。いけると思った。

「言っとくけど時給三千円っていうのはヘルプの最低の数字ね」

「……ヘルプって何ですか」初めて女から口を利いた。警戒を解いた柔らかい声だ。

「客の指名を受けないでテーブルにつくこと。これで指名を受けるようになったら、指名一回につき千円があなたの懐に入るわけ。たぶんあなたなら一月たたないうちに毎日五本は指名が取れるようになると思うなあ。そうすると一日五千円プラス。週四日シフトだと月に二十七万二千円になるんだよね」

「二十七万円ですか」女がため息をついた。

「もちろん、あなたには冒険だと思うな。箱入り娘っぽいもんね。まったく知らない夜の世界だし。勇気はいると思うよ。でもさ、やってみる価値はあると思うよ。いやなら辞めればいいんだもん」

「いやなら辞めてもいいんですか」

「そりゃそうだよ。タコ部屋じゃないんだもん。一日だとさすがに困るけど、三日やってどうしても馴染めないっていうのなら、おれが責任持って辞めさせてあげる」

女がうつむいて考え込んでいる。もうひと押しだ。

「とりあえず事務所に行って詳しい話、しない？　事務所っていっても怖い所じゃないよ。明るいし、清潔だし、一階が交番だから襲われそうになったら駆け込めばいいし」

健治がここで白い歯を見せる。女も釣られて小さくほほ笑んだ。

事務所のあるビルの一階が交番というのは事実だ。ボスの大村はそれを計算に入れて借りたと言っていた。

歩きながら個人情報を聞きだす。名前はトモコ。家は世田谷。デパートは土日に休めないことが多く、遊び友だちがなかなかできないらしい。ぼそぼそと話すおとなしそうな女だった。

繁華街の真ん中にある事務所に着くと、ボスの大村が奥の机で鼻クソをほじっていた。見かけはトウの立ったホストで、中身は田舎のテキ屋といったところだ。健治と女を見るなり、

「おお、栗野君。なんてビューティフルでブラボーなお嬢さんでしょう。今月いちばん。わたくし久々に目の保養をさせていただきました」と素っ頓狂な声をあげた。

毎回同じことを、寸分違《たが》わぬ同じ作り笑いで言う。口先だけで五十年生きてきた男の凄みを感じる瞬間だ。

健治はトモコを応接セットのソファに座らせファイルを取りだした。ウーロン茶も用意する。まずはいちばん一般的なキャバクラの写真を見せた。

「これが道玄坂の『魔女っ子倶楽部』っていう店。ほら、女の子の服装も別にエッチじゃないでしょ。ここだと時給三千円なの」

トモコが興味深げに身を乗りだして見る。反応は上々だ。キャバクラの店を三つ四つと紹介する。

「じゃあ次も見てみようか」ページをめくった。「これは『シルキー』っていうランジェリー・パブ。つまり下着姿で接客するわけ」

トモコの頬がピンクに染まる。両手で頬を包み込んだ。

「ただしおさわりはなしだから安心して。でもちょっと勇気いるかなあ」健治は猫なで声を出した。「時給は四千円から五千円。ほら、シースルーのミニ・ネグリジェを上に着てる子がいるでしょ。これだと四千円。段階があって、半カップのブラジャーとTバック姿になると五千円なの。ここは指名料が二千円だから、たぶん週三日でも月に四十万はいくんじゃないかな」

「そんなにですか」トモコがため息をつく。

「この先はどうする？　時給が上がるにつれてちょっとずつエッチになっていくんだけど」トモコの様子を窺《うかが》った。「いやなら見せない。不愉快になる女の子もいるから。自分で決めて」

トモコはウーロン茶を飲み干し、しばし思案したのち「見ます」と言った。

「じゃあいくよ。これはノーパン・パブ。ミニ・ネグリジェだけを身にまとって接客するの。時給が六千円」女の生唾を飲み込む音が聞こえた。「次はおさわりパブ。ここはオッパイさわられちゃう。時給七千円」

「あ、もういいです」トモコが制した。「わたし、こういうのはできそうにないから」

「そうだよね。おれも無理には勧めない」

親身になっているふりをする。それに焦りは禁物だ。ファイルを閉じた。

「どうする？　まずはキャバクラあたりからスタートしてみる？」

「ええと……」トモコが考え込んでいる。

「ちょっとだけ変身してみようよ。今しかできない経験だし。なんなら区切りを決めてやるのもいいしね。たとえばエルメスのケリー・バッグを買うまでは働いてあとはすっぱり足を洗うとかね」

ケリー・バッグを手にしたら次はティファニーの指輪が欲しくなる。人間はそういう生き物だ。

「ＯＬの子たちも結構いるから、友だちもできると思う。世界広げようよ。職場と自宅の往復だけなんて、何のために生きてるのかわかんないし」

地味な女ほど変身願望は強い。そして誰かに背中を押されたがっている。

「変わった君を一度見てみたいな。赤い口紅をひいて、アイラインを少し濃くして、髪にウェーブをかけたりして――」

「わたし……」トモコが口を開いた。「今、やってもいいかなって、少し思ってるんですけど」

健治の心がはやった。でも顔には出さない。

「じゃあ自分でお店を選んでよ。最初はキャバクラからいってみようか。『魔女っ子倶楽部』？『パンプス』？　初日はおれがついていってあげる。暇なときは迎えにも行ってあげるし――」

トモコがファイルを自分で開く。

指を置いたその場所はノーパン・パブだった。

「どうせなら時給が多い方がいいし」

トモコは息を殺すように、じっとファイルに目を落としていた。


午後十一時になるまでパチンコで時間をつぶし、健治は愛車スカイラインを駆ってキャバクラの通用口に乗りつけた。自分がスカウトした女たちに会うためだ。

女たちは放っておくとすぐに店を辞めてしまう。仕事がいやになるのではなく、ほかのスカウトマンにつかまり、もっと条件のいい店に移ってしまうのだ。それを阻止するためには日頃のケアが必要だった。困ったことがあれば相談に乗り、ついでに体にも乗った。肉体関係を結ぶと多少は情が生じるのか、女たちは健治を裏切るようなことはしなかった。ただしそのぶん遠慮もなくなる。

今夜のお迎えは『ピクシー』のエミだった。美容関係の専門学校生で、三カ月前店に送り込んだ巨乳ちゃんだ。

「また今日も胸を触られたよー」助手席に乗り込むなり大声をあげる。「むかつくんだよね、あの河童《かっぱ》ハゲのおやじ」

「そう怒るなよ。酔っ払いなんだから適当にあしらってやればいいじゃん」

車を発進させ、繁華街を走った。

「だってほとんどわしづかみだよー。キンタマ蹴飛ばしてやろうかと思ったよ」

「マネージャーに言って注意してもらえばいいじゃん」

「だめだよ、あのマネージャー。河童ハゲからチップもらってんだもん。ふざけるなっつーの。チップならこっちによこせよな。わたしさー、もうあの店辞めてやろうって思ってんだけど」

「機嫌直せよォ」右手でハンドルを握りながら、左手でエミの腕を撫でてやる。「辞めてどうすんのよ」

「もうお金溜まったし、どうせ来月はハワイへ行くし、一回辞めたいんだよね」

女たちは機嫌が悪いと、わざと健治を困らせようとする。自分が辞めれば健治の収入が減ることを知っているからだ。

「ケリー・バッグはどうするのよ。フェラガモの靴だって欲しいって言ってたじゃん」

「もういい」口をとがらせ前を見ている。

「そんなこと言うなよ。この不況の折、仕事があるだけラッキーなんだぜ」

「何言ってんのよ。オミズはどこだって人手不足なんでしょ。一回辞めたって次の仕事なんか見つかるもん」

エミの愚痴は延々と続いた。ホステスに気に食わない女がいる、同伴のノルマを課せられる、控室が狭い――。健治のアパートに着いてもグジグジと店の悪口を言い、辞めたい辞めたいと連呼する。

「ねえ、ケンちゃん、おなか空いたよォ」

「わかってるって、今作ってんだから」

健治は台所に立ち、パスタを茹でていた。外食をすれば奢《おご》らざるを得ないので、こうして毎晩誰かに夜食を作っている。おかげで料理の腕はあがった。レトルトではなく、自前でペペロンチーノが作れるほどだ。

「今日は足の裏マッサージしてくれるの」

「うん、するする」

ほとんど下男のような毎日だ。たぶん女に対して下手《したて》に出過ぎるのが自分の弱点なのだろう。西沢先輩などは手持ちの女に洗濯までさせているというのに。

パスタを食べると、ベッドで横になったエミの足の裏を揉《も》んでやった。

「おい、エミ。大金欲しくないか」

「またあの話？」エミが振り返り、顔をしかめる。「AVはいやだって言ってんじゃん。学校とか親にばれたらどうなるのよ」

「大丈夫だって。メイクをちゃんとやれば別人みたいになるんだから。エミのナイスなボディなら一本で二百万は稼げんだぜ。それもたった一日の撮影で」

「決心つかない」

「一度真剣に考えてみてよォ」甘えた声を出す。

「やだよ。人前でエッチするなんて」

「慣れればどってことないって」健治がマッサージの手をふくらはぎから太腿《ふともも》へと移動していく。「想像してみろよ。売れっ子になりゃあマンションだって買えんだぜ」

手を伸ばし、パンティの上からエミの股間を撫でた。

「いやん、もう」

抵抗するポーズは取るものの顔は笑っている。どうせ抱かれるつもりで来ているのだ。

「ケンちゃんって結局はヤリたいだけなんじゃないのォ」

やられに来たのはおまえだろう。太腿に舌を這わせた。

「電気消してよ。わたしだって一応女の子なんだからね」

部屋の電気を消した。パンティを下げようとする。

「いやーん、自分で脱ぐから触らないで」

エミは自分から全裸になった。押し倒して上にのしかかる。

「今度、ディズニーランドへ連れてってよ」

「オーケー」

「あ、それから来週、横浜で研修があるんだけど車で送ってね」

「わかった、わかった」

ほとんど体《てい》のいい運転手だ。

前戯もそこそこに性器を挿入した。エミが色っぽくあえいでいる。

腰を振った。ベッドとフローリングの床がギシギシと鳴っている。

エミの足を抱えながら、明日は誰を迎えに行くんだっけ、と健治は頭の中でスケジュールに思いを巡らせていた。

2

その日、健治が事務所に顔を出すと、大村と西沢が若い女を前に土下座していた。

またか。そう思いながら冷蔵庫からウーロン茶を取りだし、コップに注ぐ。

「あなただけが頼りなんですぅ」大村のすすり泣くような声が事務所に響いた。「あなたに一肌も二肌も脱いでいただかないと、わたくしたちは路頭に迷ってしまうのです。男五十、断崖絶壁に立たされております。もう就職先などありません。どうかこのわたくしを助けると思って、いや、わたくしの家族をも救うと思って――」

大村に家族？　たぶん嘘だろう。金に困っているというのも大嘘だ。ウーロン茶をいっきに飲み干した。

大村が健治に気づく。「おい、栗野。おまえもここへ来て土下座しなさい」

やれやれ。気づかれないよう吐息を漏らす。仕方なく、ソファに腰かけている二十歳になるかならぬかの女の前で膝をついた。

土下座に付き合うのはこれで五回目だ。大村は、土下座でオチない女はいないという確固たる信念を持っている。事実、健治の目の前で次々と馬鹿女たちがAV出演を承諾していた。

「もちろん当社の窮状ばかりを言っているのではありません。あなたのその十年に一人というビューティフルなお顔立ちとブラボーなお体を、在野に埋もらせておくのはあまりにももったいないという、いわば男としての使命感がわたくしを衝《つ》き動かしているのも事実です。どうか男のメンツとチンポを立ててくださいませ。ささ。西沢も栗野も、この女神のようなお嬢様によォくお願いして」

健治が頭を押さえつけられる。三人で、額を床に擦《こす》りつけ「何卒《なにとぞ》お願いいたします」と唱和した。

「えー。でもォ、親バレとか怖いんですよね」

女はひたすら困惑している。よく見ればどこにでもいそうなＯＬ風だ。

「大丈夫です。わたくしが太鼓判でも足の裏のツボでも押しましょう。当社のデータによると親バレ率はたったの三パーセント。百人中たったの三人。しかもその三人というのは、父親が不運にも『ビデオ・ザ・ワールド』の愛読者だったんです」

どこからそういう嘘を思いつくのか。健治は感心するばかりだ。

「週刊誌やテレビにさえ出なければ大丈夫。それより今一度、あなたがこれからお稼ぎになるお金のことを考えてみませんか。一本で二百万。二百万ですよォ。お金は欲しいですよね」

「そりゃあ、欲しいですけど……」

「おまけにセックスの大変達者な男子によって、あなたはめくるめく桃源郷の世界をのぞくことになるのですよ。セックス、お嫌いではありませんよね？」

「えー、わたし、あんまり好きじゃないかも……」

「おお、素晴らしい。これはなんというチャンス。きっとあなたはろくな男とセックスをしてなかったのでしょう。ならばAV出演を機にあなたは生まれ変われるのです」

大村の口上は延々と続いた。会話に間があくということはいっさいなく、立て板に水とはこのことだ。

女がため息をついている。そろそろかなという雰囲気があった。女は根負けする生き物なのだ。

「……じゃあ、一回ぐらいなら」

「おお、なんというブラボーなお言葉！ これぞ女神様のお慈悲！」大村の声が裏返る。「さあ。西沢も栗野ももう一度頭を下げて」

また三人揃って床に額を擦りつけた。すかさず大村が「NGリスト」の用紙を持ってくる。ソファの隣に腰かけ、質問をはじめた。

「NGリスト」には、生本番、生フェラ、3P、アナルなどの言葉が列挙されていて、女は拒否したいプレイに丸をつけるのだ。

このあと女は事務所で全裸のビデオカメラ・テストを受ける。大村や西沢はその際、ちょくちょくハメ撮りをしているらしい。拝み倒せば必ずヤレる、というのも大村の信念だ。

質問の様子を横目に見ながら、健治はデスクで女たちに電話をかけた。

「あ、マユミ？ おれ。困るよ、昨日、店、無断で休んだだろう。マネージャーからクレームついちまったよ。叱られんのはおれだからよォ、ひとつ頼むぜ」

休まれると健治の実入りが減るので、女の出勤率は死活問題だ。

「あ、レイコ？　おれ。仕事がんばってる？　……悪い悪い。ここんとこ忙しくってさ。明日の夜は迎えに行けるよ。また家でパスタ作ってやっから。……うんうん。マッサージもしてあげるって」

連絡を絶やすと女はすぐに不貞腐《ふてくさ》れる。マメさが女を逃がさない最低条件だ。

ふと振り返ると、大村が女の上に乗っていた。汚い尻が見える。さすがにハメ撮りの現場を目撃するのは初めてだった。

世の中には、頼まれればイヤと言えない女が確実に存在する。AV女優の大半はそういう女たちなのだと、五十男とは思えない大村の鋭い腰遣いを見ながら健治は実感した。

その夜はデパガのトモコを迎えに行った。勤めて三日目になるのでそろそろフォローをしてやらなければならない。ついでに肉体関係も結ぶ腹積もりだ。セックスには飽き飽きしているが、初物食いとなると少しは心が躍る。

店から出てきたトモコを見て驚いた。あの地味な女が、化粧とウェーブしたヘアスタイルですっかり変わっていた。素地はいいのだ。

「お疲れさま」助手席のトモコに労《ねぎら》いの言葉をかけた。「その髪形とメイク、とってもいいよ」

トモコがぎこちなくほほ笑む。浮かない表情だ。

「どうかした？　元気ないじゃん」

「わたし、やっぱりこの仕事、無理そうです」ため息混じりに言う。

「何言ってんのよ。最初は誰だってそうだよ。新しい環境に慣れるのにはどうしたって一週間や二週間はかかるよ」

「でも……」トモコは暗い顔でうつむいている。

トモコが勤めるノーパン・パブは、酒瓶が高い所にあり、それを取るごとに椅子に乗って開脚のポーズを取らなくてはならない。やはり最初はキャバクラにしておけばよかったのだ。

「とにかくおれが相談に乗るから、一回おれの家においでよ。腹減ってんじゃない？　何か作ったげる」

「でも……」

「大丈夫だって。何もしないから。話をするだけさ」

とりあえずアパートに連れ込み、パスタを振る舞った。あらためて見ると、トモコはいい女だった。茶髪金髪が当たり前の世界なので黒髪が妙にそそる。

「そりゃあ仕事はらくじゃないと思うよ。ほとんど裸で接客するのは恥ずかしいと思うよ。でもあの店は君が決めたんだし、そのぶん時給だって高いわけだし」早速説得を開始した。「すぐに辞められるとおれの顔が立たないわけ。頼むよ、せめて一カ月だけでも。そのあとなら、店を替わってもいいし」

「いいえ、そうじゃなくて……」

「じゃあ何よ」

「別にノーパンとか、アソコを見られるとか、そういうのはいいんです」トモコがぼそぼそと話す。「わたし、考えてみれば人と話をするのが苦手なんです。それからカラオケも……」

「えっ？　そんなことなの」

「ほかの女の子たちとも合わないんです。みんな元レディースとか、シンナーやってた子とか、そういう子ばっかりだし」

「あ、そうなんだ。……じゃあ、エッチなことは平気なんだよね」顔色を窺った。

「それはあんまり気にならないっていうか……」

「そうかあ……」健治が猫なで声を出す。「会話が苦手っていうのなら、ヌキ・キャバっていう手もあるんだけど」

「ヌキ・キャバ？」

「そう。手でヌイてあげるの。これだと客も長居はしないし、一対一だからほかの女の子たちに話を合わせなくて済むし」

たちまちトモコが顔を赤くした。

「そういうことならすぐに店を替えてあげる。どう？　ここで練習してみない」

トモコの反応を見たら途端に興奮してきた。トモコの手を取り、軽く引き寄せる。

「やめてください」とトモコ。でも声は弱々しい。

「何事も経験だよ」自分の喉《のど》が鳴った。このままセックスに持ち込もう。

「やめて……やめて……」

「大丈夫だって。誰でもやってることだよ」

「やめて……やめて……」

「じゃあ最初はゴムを着けるから。それなら触れるでしょ」

健治はズボンを下ろした。性器はとっくに隆起している。久々に胸が高鳴った。

トモコは五分ほど拒み続けたのち、「じゃあゴムは着けてくださいね」とか細い声で言った。

「それから電気も消してください」

薄闇の中でトモコは健治の性器をしごいた。健治はたまらずシャツも脱いだ。

「ねえ、トモちゃん。もっと強く握らないと」

「こうですか」

「そうそう、うまいよ。トモちゃんも脱いでよ。おれだけ裸だと恥ずかしいし」

トモコが柔順に従う。想像よりずっと豊かな胸をしていた。この女をAVに送り込もうと思った。スカウトマンになって半年、ひょっとするとこれこそがイヤとは言えない女なのかもしれない。

手で発射するのはもったいないのでトモコをベッドに移動させた。

「今度はおれがお返ししてあげる」そう言ってトモコの股間に顔を埋《うず》めた。

「あ、だめ」トモコは恥じらう素振りを見せたが、すぐに抵抗をやめ、小さなあえぎ声をあげはじめた。

たまらず性器を挿入し、腰を振った。

ベッドとフローリングの床がギシギシと鳴っている。トモコの控えめな反応が逆に興奮を呼び、健治は三分ともたずに果ててしまった。

翌日、事務所に行くと、応接セットでまたしても大村が女をくどいていた。

「なんてブラボーなお嬢さんなんでしょう。わたくし、心が洗われる思いです。今どき３Ｐの経験もないなんてまさに箱入り娘。わたくし、気に入りました。ぜひともあなたのデビューのお手伝いをさせていただきたく――」

デスクでは西沢が疲れた表情でたばこをふかしている。

「おい栗野。おまえ、四十三のオバサンは守備範囲か」

「ええと、ものにもよりますが」

「十人並。デブではない」

「だったらいけるかもしれませんけど」

「じゃあおまえに任せた。マネージメントやれ。取り分は三パーセントだ」

「五パーじゃないんですか」

「スカウトしたのはおれだ。三パーでもありがたいと思え」西沢は机に足を乗せている。

「で、そのオバサンには何をやらせるんですか」

「ＡＶの熟女物だ。顔はモザイク」

「……わかりました」顔を隠す企画物はギャラが安く、取り分も少なくなる。気乗りしなかったが、先輩なので逆らえない。「でも守備範囲ってのはどういうことなんですか。まさかおれに出演しろってわけじゃないですよね」

「淫乱なんだよ」西沢が苦虫を嚙み潰したような顔で言う。「一回AVに出たらすっかり火がついちまった。亭主とは十年間セックスレスだったから、そのぶんを取り返すんだってよ。昨日なんか打ち合わせで呼びだしたら、そのままホテルに連れ込まれて昼間っから三発だ。おかげで夜は使いもんにならなかったよ」

仕方なく引き受けることにした。どうせ四、五本出演したら消えていく使い捨て要員だ。しかもオバサン。機嫌をとることもあるまい。

いつの間にか大村が女を全裸にしていた。ビデオカメラで舐めるようにして撮っている。

「おおビューティフル。なんて可憐《かれん》な乳輪ちゃんなんでしょう」

手を伸ばしてピシャリとたたかれていた。

いくつかの電話連絡を済ませ、街頭に出た。今日は珍しく公園通りに足を延ばすことにした。トモコをヌキ・キャバに移籍させるためには早急に女を補充しなければならない。できることならトモコのような女をゲットしたかった。あれは拾い物だった。あばずれ馬鹿女はいい加減に飽きた。我《わ》が儘《まま》で勤労精神に欠ける。セックスもときめかない。やっぱり普通の女がいい。普通の女だって金は欲しいし性欲もあるのだ。

そんなことを考えながら歩いていたら、人待ち顔の女が丸井の前に立っているのが目に留まった。いかにも『JJ』に出てきそうな女子大生風だ。これまで健治が声をかけたことのないタイプである。一丁いってみるか。多少お高くとまった感じがするが、あれをオトしたら自分はもっと自信がつく気がする。

「ねえ、彼女。誰か待ってんの？」いつもの調子で親しげに声をかけた。

女は健治を一瞥《いちべつ》すると、プイとそっぽを向いた。それでもめげずに笑顔を作る。

「ちょっと話を聞いてくんないかなあ。単刀直入に言うけど、おれ、キャバクラのスカウトやってんの。君ならどこの店に行ってもナンバーワンになれると思うなあ。美人だもん。おれ、君に声かけないと一生後悔すると思ってさあ。それで勇気を奮って来たわけ。おれ、今心臓バクバクいってんの。ほんと。こんな美人を前にしたのって四百年ぶりぐらいじゃないかなあ」

女はにこりともせず、髪をかきあげていた。

「君、学生さんなんでしょ。だったらお小遣いだけじゃ足りないじゃん。旅行にも行きたいし、おしゃれもしたいしさあ。ブランド物だって欲しいと思うし。……いいカバン持ってんじゃん。これどこの？　いいじゃん、いいじゃん。教えてよォ」

女がやっとこちらを向く。口元に薄い笑みを浮かべ、「セルジオ・ロッシですけど」と冷たく言った。

「何それ。聞いたことないなあ。高いわけ？　シャネルよりは安いでしょ。だったらバイトしてシャネル買おうよ。ヴィトンでもエルメスでもいいや。やっぱそういうの誰だって欲しいじゃん」

「別にいりません」

「だったら腕時計は？　ロレックスとかカルティエとか――」

そのとき視界の端に人影が映った。振り向くと、若い男女が数人立っている。

「よお、チハル。お待たせ。何よ、この人にナンパされてるわけ」

その中の一人、やけに体格のいい男がにやにや笑いながら言った。

「ねえ、聞いてよ」女がいきなりくだけた口調になった。「わたしすっごいショック。キャバクラでバイトしないかってスカウトされてんの」

若者たちの輪から笑い声があがった。

「チハル、やれば？　ラグビー部全員、客として行っちゃう」

いっそう大きな笑い声。

「チハル、案外向いてるかもよ」

「そうそう。キャバクラってショータイムとかあるんでしょ。チアリーディング、そこで披露すればいいじゃない」

男女がそれぞれ囃《はや》し立て、そのつどおなかを抱えて笑っている。みんな垢抜《あかぬ》けた恰好をしていた。たぶん親が金持ちの大学生なのだろう。健治は黙ったままその場に立ちすくんでいる。

「わたし、むかつく。銀座のホステスならまだ許してやってもいいけど、渋谷のキャバクラっていうのはさあ。そんなに安い女に見えるわけ」

チハルと呼ばれた女が腕を組み、頬を大袈裟にふくらませた。

「まあまあ、怒るなよ」別の男になだめられている。

「はい。そういうことで、ご苦労さん」男が健治の肩を気安くたたいた。「もっとセンター街の方へ行くと、おにいさんの好きそうな……ほら、厚底サンダルでパンツの見えそうなスカート穿《は》いた女の子がたくさんいると思うよ」

「うるせえっ」健治が睨みつける。「てめえら目障りなんだよ。とっとと消えろ」顔が熱くなっていた。

「おい、消えろってさ。自分から声かけといて」

彼らが顔を見合わせた。薄い笑み。

「ナメんじゃねえぞ」健治は声を荒らげた。「とっとと消えねえと仲間呼んで袋だたきにしちまうぞ」

「うわあ、怖いよこのおにいさん。行こ行こ」

男女のグループが去っていく。時折振り返り、健治を見て笑っていた。

健治は昔のゾク仲間を集めて襲ってやろうかと真剣に思った。

ガードフェンスを蹴飛ばす。

センター街に戻るため、健治はとぼとぼと歩きだした。すぐ隣同士なのに、公園通りは好きになれない。

3

トモコは一週間後、ヌキ・キャバに移籍させることができた。説得すること三時間。土下座をしたら渋々ながら首を縦に振ったのだ。

これでトモコの収入は上がり、健治の取り分も増えることになる。

ＡＶの話はまだ切りだしていない。ここで逃げられたら元も子もない。段階を踏んで徐々に、まずは風俗から慣らしていくつもりだ。

この日は昼間、西沢の命令で四十三歳のオバサンと面談した。マネージャーが代わったのなら会わせろと先方から言ってきたらしい。世田谷のファミレスで向かい合った。

ヨシエというその女は、水商売風でも有閑マダム風でもなく、スーパーのレジ袋が似合いそうなただのオバサンだった。

西沢によると、まさにそのスーパーでスカウトしたらしい。出口で百人に声をかけ、侮蔑の視線を投げかけられる中、唯一目を輝かせたのがヨシエだったのだ。

「ねえ栗野君、わたしもっと仕事したいんだけどォ」

ヨシエは最初からなれなれしかった。健治を上から下まで舐めまわすように見ると、薄気味悪く色目を遣ったのだ。

「すいません。こっちはビデオメーカーからのリクエストに従ってモデルさんを派遣する立場なんで。そのリクエストがないときは……」

熟女モデルの需要は確かにあるが頻度は知れている。ましてや四十過ぎとなればほとんどマニア向けで、その手のメーカーを一巡したらそれで終わりなのだ。

「それから、こういう話は言いにくいんだけどォ、わたしのギャラ、少し安い気がするのよねえ」

「そんなことないッスよ。顔出ししなきゃ二十がいいとこですよ」

「あら、そうなの。だったらわたし、顔出ししちゃおうかしら」

聞くと、ヨシエには成人した子供がいるが、娘なのでＡＶを見られる心配はないのだそうだ。だったら娘の方を出せと言いたくなる。

「それにしても男優さんってうまいのね。わたし、この歳になって初めてエクスタシーを知ったの。くやしいわ。もっと若いころ経験したかったのに」

「はあ……」

「栗野君もお上手そうね。たくさん遊んでるんでしょ」

「あ、いや……」

ヨシエが年増のくせにシナを作っている。そして案の定、ファミレスを出ると腕を絡ませてきた。

「マネージャーと女優ってもっと互いのことを知る必要があると思うの」

誰が女優じゃ。「すいません。おれ、ちょっと次の仕事が……」今夜はトモコを迎えに行く日だ。無駄玉は打ちたくない。

「あら、冷たいのね。仕事、キャンセルしちゃおうかしら」

「いや、それは勘弁してくださいよ」熟女は代わりを探すのが大変なのだ。

「じゃあ付き合ってよ」ヨシエが腕に胸を押しつける。

仕方なく、環八沿いのモーテルで事に及ぶこととなった。四十三といえば……自分の母親とさして変わらない歳ではないか。健治がため息をつく。

「ねえねえ、栗野君。まずはこれでやって」

ヨシエがバッグからバイブレーターを取りだした。なんでも前回の撮影のときに使ったものをガメてきたらしい。

「うー、うー」たちまちヨシエがうめき声をあげる。

ふと自分の青春を思った。何が悲しくておれは昼間からオバサン相手にこんなことをしているのか。

「今度はわたしの番ね」

ヨシエが健治にのしかかり、性器を口にくわえた。

勃《た》つのかなあ。でも若さがアシストした。三十分もしゃぶられた。

挿入してからは正常位で腰を振った。目を閉じ、たるんだ体を見ないようにした。

「ああっーん。もっともっと」健治が驚くほどの大声だった。

「そこ、そこ。あーん、イッちゃうーん」聞いていてこっちが恥ずかしくなった。

終わると二回目を求められた。

「あの、おれ、ほんとに次の仕事が」

「だめよ。まだわたしの体は火照《ほて》ってるの」

結局三発も抜かれてしまった。

夜はトモコを迎えに行った。

トモコの身なりは日増しに派手になっている。ヌキ・キャバは日給なので金銭感覚が狂うのだろう。三日も働けばブランド品に手が届く。今夜のトモコはダイヤのネックレスを胸に光らせていた。

ただし性格は相変わらず地味で、二十歳の娘らしく自分からはしゃぐことはない。いつも受け身の姿勢だ。

「もう仕事は慣れた？」

「うん、少しは」

「今日は何本ヌイたの？」

「……十六本」

露骨な問いかけにも律義に答えるのだ。

アパートに連れて帰り、パスタを振る舞った。

「困ったことがあったら何でもいいからおれに相談してね。トモちゃんはおれの大切な女の子なんだから」

やさしく声をかけ、うしろから肩を揉んでやった。

「あ、だったら一人、少し変なお客さんがいるんですけど」

「どういう奴？」

「毎晩通ってきてわたしを指名してくれるんですけど、そのつど手紙付きのプレゼントをくれるんです」

「いいじゃん、いいじゃん。何でももらっちゃいなよ。いっそのこと田舎の母が病気だから入院費を出してくれとか言ってやればいいんだよ」

「でも、その手紙、気味が悪いっていうか……」

「ちょっと見せてごらんよ」

　トモコから手渡され、開いた。

《愛しのリサちゃんへ。もうぼくのことは知ってるよね。そうさ、ぼくはリサちゃんの応援団。と言っても団員はぼく一人しかいないんだけどね（笑）。いつも君のことを見守ってるよ。お仕事大変だね。リサちゃんの柔らかな手が、ほかの男のアレを触っているのかと思うと、ぼくは少し妬《や》けちゃうな。でも知ってるんだ。君が真心をこめてシゴいているのはぼくのときだけだって。いつか一緒になろうね。ｂｙユキヒコ》

　なるほど確かに気味は悪い。リサはトモコの源氏名だ。

「何者なの？」

「区役所に勤めてるんだって。歳は三十五」

「放っておきなよ。こういう仕事をしてると勘違いする馬鹿が必ず出てくんだよ。適当にあしらってりゃあいいさ。……あ、そうだ。もしもいやならまた店を替わるっていう手もあるんだけどね」

健治はいいことを思いついた。これを機にステップアップさせればいいのだ。

「そんなに早く替わってもいいんですか」

「今のヌキ・キャバの二階にヘルスがあるじゃない。そこは経営者が同じだから、いつでも移れるよ。収入も増えるし」

「そうなんですか」トモコが思案している。「でも、ヘルスって何をするところなんですか」

「今、手でやっていることを、今度は口でするわけ」

トモコがうつむいた。健治はトモコのこの戸惑いの表情が好きなのだ。立ちあがり、ズボンとパンツを下ろした。

「ちょっとやってみてよ」

「えー、わたし、したことないんです」

「やってよ、頼むから。おれ、トモちゃんのお口の初めての男になりたいな」

健治はトモコの手を取ると、その人差し指をすっぽりと口に含んだ。吸いつくようにして上下に動かす。時折舌も使ってやる。

「ほら、こうやってやるんだよ」

「じゃあ電気を消してください」

「だめだよ。明るい所でやらないと練習にならないさ。店内は真っ暗ってわけじゃないんだから」

トモコはひとつ生唾を飲み込むと、軽く目を閉じ、健治の性器をくわえた。

「こーれすか」

「そうそう、うまいよ」

昼間オバサンに三発抜かれたばかりだというのに、健治の性器は勢いよくそそり立った。文字通りの「お口直し」だと思った。

二十分ほど講習をしたところでトモコをベッドに移動させた。やはり最後はセックスでイキたい。

トモコの反応はだんだんよくなってきた。「あん、あん」というあえぎ声も色っぽい。自分が育てているのだという愛着が湧きはじめていた。

ベッドとフローリングの床がギシギシと鳴っている。


トモコは一週間後、性感ヘルスへの移籍を承諾した。当初は弱々しく抵抗していたが、パンツ一枚になって土下座したら渋々首を縦に振ったのだ。それも週五日というシフトである。これでトモコの月収は百万近くに跳ね上がることだろう。

デパートなんかそろそろ辞めたらと言うと、「でも……」と曖昧《あいまい》な答え方をしていた。自分の意思というものがあまりない不思議な女だった。

街頭スカウトの調子はよかった。トモコを知ってからというもの、健治は地味で自信なさげな女にターゲットを絞っていた。

流されるタイプ。それこそが風俗への道をまっしぐらに突き進んでくれるのだ。

マネージメントできる人数には限界があるので、新しくスカウトした女たちは「売る」ことにした。店側に三万から十万の範囲で買い取らせるのだ。おかげで健治の懐も潤った。また引っ越しを考えている。今のアパートはどうも欠陥住宅の気がした。隣の部屋の目覚ましの音が聞こえたりするのだ。今度は夜景の見える高層マンションがいいな、などと甘い計画を練っている。

この日、事務所に行くと、大村からAV女優の手配を命じられた。

「おい栗野。今度、『親子丼』ものの依頼があってな、母と娘、顔出しできる奴、来週までに揃えといてくれ」

「適当に組み合わせておけばいいんですよね」

「おう。でも二十五と三十五なんてのはさすがに苦しいから、二十ぐらいは歳が離れて見える組み合わせにしてくれよ。それから娘は新人な」

真っ先にヨシエの顔が浮かんだ。ふたつ返事でOKすることだろう。となると娘の方だ。トモコはどうだろう……。いや、ヘルスに送り込んだばかりだし、まだ早いか。焦りは禁物だ。

とりあえずヨシエには連絡を取った。

待ってましたとばかりに呼びだされ、今度は下馬《しもうま》の自宅で昼間から三発抜かれた。当然OKをもらえた。

あとは娘だ。健治は手持ちの女を当たることにした。

専門学校生のエミには一蹴《いっしゅう》された。「あんた、学校にバレたらどうなると思ってんのよ」と本当に蹴飛ばされたのだ。

ＯＬのレイコは「顔がモザイクなら」という地点まで説得したが、顔出しはさすがに拒否された。

そのほかの女も同様だった。要するに学生やＯＬで顔出し出演は無理なのだ。ぶらぶらしている女か、あるいは学校や会社を辞めたがっている女でないと、「顔出し」という河は渡れないのだ。


そんなとき、トモコから相談を受けた。区役所の例の男が、今度はヘルスの方にまで通ってきて、ストーカー紛《まが》いの行為をはじめたというのである。

「帰ろうとすると店の前で待ち伏せしてるんです。毎日花束をくれて、それはいいんだけど、駅まであとをついて来るんです。それにうっかりケータイの番号を教えたら一日に三十回もかかってくるし。わたしなんだか怖くて」

トモコは真剣に脅《おび》えている様子だった。詳しく聞きだすと、婚姻届に自分の分だけ署名捺印し、手渡してきたらしい。

「よし、わかった。おれに任せてよ。二度とトモちゃんの前に姿を現さないようにしてやるから。ケータイは当分切っときな。連絡は店の電話にしてやる」

女には下手に出る健治だが、男には滅法強い。こう見えても十代のころは暴走族でケツ持ちをしていた経験だってあるのだ。

早速翌日の晩、トモコを迎えに行った。すると裏の通用口の脇で大きな花束を抱えた小太りの男がいた。楽勝だと思った。

まずは店に入り、トモコには近くのファミレスで待つように指示をする。そして裏手に回ると、くだんの男に近寄り、いきなり胸倉をつかんだ。

「おい、てめえか。おれのリサにちょっかいかけてるってタコ助は。おう？」

思いきり柄《がら》悪く凄んだ。男が一瞬にして顔色を失う。花束を取りあげ、アスファルトにたたきつけた。

「てめえがつきまとうおかげでリサはノイローゼになっちまったぞ。どうおとしまえをつけてくれんだ。おう？　慰謝料程度じゃ済ませねえぞ」

顔面蒼白の男を引きずり、ビルとビルの間に押し込んだ。挨拶代わりのパンチをみぞおちに見舞う。男はうめき声をあげ、その場にうずくまった。

「てめえが区役所勤務だってこたァわかってんだ。なんなら明日にでも区長室にねじ込んで、てめえのやってることとすべてぶちまけたろか」

「き、君だな、リサを不幸にしている男は」

男は唇を震わせ、それでも意を決したように言った。

「あん？　馬鹿かてめえは。どっからそういう台詞《せりふ》が出てくんだよ」

「わかってるんだ。リサは君を恐れてるんだ。だから君の言いなりなんだ。でも、ぼくは負けないぞ。君からリサを自由にしてやるんだ」

本気で頭に血がのぼった。脅す程度で許してやる気はなくなった。

膝蹴りを男の顔面にヒットさせる。続いて馬乗りになり、両方の親指で眼球のすぐ下を押さえつけてやった。

「おらおら。目ン玉飛び出るぞ。盲導犬の予約しとけよ」

「た、助けて」男の声が裏返る。

「だったらおれの言うことを聞け」

男が懸命にうなずく。健治は馬乗りをやめ、男を解放してやった。

「よォし、まずは持ち物検査だ。ポケットの中の物、全部出せ」

男は震える手で財布を出した。健治が取りあげ、中をあらためる。三万ほど入っていたのでまずはそれをいただいた。続いて定期入れを調べる。

「あ、それは」男があわてた。

「じゃかましい」一喝する。

区役所の身分証があった。住所と名前を自分の手帳にメモる。ついでに電話番号も聞きだした。金づるができたと思った。

「リサの慰謝料についてはあらためて連絡するからな。リサは神経科でカウンセリングを受けてんだ。高くつくぞ」

最後にもう一度膝蹴りを股間に食らわせた。男はうしろに倒れると足をヒクヒクと痙攣《けいれん》させていた。

急いで立ち去る。トモコの待っているファミレスへと急いだ。

ファミレスではトモコが心配顔でコーヒーカップを握りしめていた。

「健治さん、どうでした？　もう来ないって言ってくれましたか」

トモコの弱々しい目を見たら、つい別の台詞が口をついて出た。

「ちょっとまずいことになったよ」考えるより先に、舌が勝手に動いていた。「あの変態野郎、トモちゃんの勤め先のデパートまで調べてあるって言うんだ」

トモコが青ざめる。カップを落としそうになった。

「おまけにトモちゃんが店で働いてるところをビデオで隠し撮りしてあるんだって。百万用意しないとデパートにそれを送りつけてやるって」

どうしてこんなことを言いだしたのか、自分でもわからなかった。ただ、おれは冴えていると心の隅で自分を褒めていた。

「どうしよう……」

トモコが絶句する。今にも泣きだしそうな顔をしていた。

「とりあえずおれン家へ来い。対策を練らないとな」

外に連れだし、車に乗せた。深夜の街道を吹っ飛ばす。

「なあ、トモちゃん。いっそのことデパートは辞めちゃった方がいいんじゃないのか。あの変態野郎だって、トモちゃんが辞めたとなりゃあ、そこまではしないと思うんだ」

トモコは黙って下を向いている。

「あとはおれがなんとかしてやる。一応ケータイの番号は聞いてあるんだ。少しは金を包まないといけないかもしれないけど、おれ、そうした方がいいと思うんだ。どう、トモちゃん、デパート辞めない？」

トモコが考え込んでいる。

「デパートの仕事、面白い？」

「……いいえ」

「だったら辞めちゃいなよ」

「……わたし、辞めます」

「うん。そうした方がいいよ」健治の気がはやった。「トモちゃん、絶対にこの世界でやっていけるし。おれ、今後もずっとトモちゃんの面倒見るつもりだし」

「健治さん、ありがとう」トモコは目に涙をためていた。

「礼なんていいって。おれとトモちゃんの間柄じゃないか」

アパートに着くと、いつもよりやさしく抱いてやった。

そしてAV出演の話を切りだした。長時間かけて何度も説得した。

トモコはさすがに迷っていたが、朝方になって「うん」と首を縦に振った。

4

トモコはそれから三日と経たずデパートに辞表を提出した。

当面、ヘルス勤務は昼間に替えて続け、ＡＶ出演に備えることとなった。

そのためには同意書を取らなくてはならない。健治はトモコを連れて事務所に出向き、ついでにビデオカメラ・テストも受けさせることにした。

「まあ、よくぞいらっしゃいました。ビューティフルでブラボーなお嬢さん。わたくし、あなたのことはしっかりと瞼《まぶた》に焼きつけておりました。ええ、憶えておりますとも。栗野に連れられ、この事務所に現れたとき、わたくし、まさに女神の到来だと頭の中で鐘を打ち鳴らしたものです。あのあと、あなたを思い浮かべ、何度オナニーに耽《ふけ》ったことか。右手をあなたの手だと想ったこともありました。それにしてもいっそうお美しくなられ、こうしてあなたのデビューをお手伝いできる日が来たことを、社員一同――」

大村はいつもの調子でトモコを褒めそやしている。トモコは緊張した面持ちでソファに腰を下ろすと、健治の用意した同意書にサインをした。

「ささ。それではカメラ・テストとまいりましょうか。トモコ様、御召し物をお脱ぎになって……。おっと、あなたはもう女優なのですから芸名をつけなくてはなりません。今日、この日からあなたは別人に生まれ変わるのです。どんな名前がご希望でしょう。エリカ、シオリ、アンリ、いろいろございますが……。いや、あなたのその清楚な美しさにキャバクラ嬢のような名前は似合いません。……そうですねえ、ここはひとつ、『忍《しのぶ》』と名づけましょう。耐え忍ぶ女の美しさ。おお、ぴったりではございませんか。いっそのこと名字は『田恵《たえ》』にしましょう。

『田恵忍』。決まりました。あなたはたった今から田恵忍として、AV界の輝く新星となるのです」

「あのう……」トモコがか細い声で言う。「ここで脱ぐんですか」

「そうです、慣れなくてはいけません。あなたは今後、スタジオの強烈なライトを浴び、その下で殿方とまぐわいをなさらねばならないのです」

大村がビデオカメラを構える。トモコは暗い顔で服を一枚ずつ脱いでいった。健治は少し離れた場所でその様子を見守っていた。

「おお、なんというたわわに実ったブラボーな乳房。やや、なんと艶《つや》やかなピンクのビューティフルな乳首。口に含んでもよろしゅうございますか？」

「……はい？」

「口に含んでもよろしゅうございますか？」

「あ、ええと……」

トモコが顔をこわばらせる。助けを求めるように健治を見た。

「社長、ちょっと――」と健治。

「栗野は黙っていなさい！」いきなり鋭い声が返ってきた。「ここにいるお嬢さんは、これから生まれ変わろうとしているのです。サナギから蝶へと、脱皮しようとしているのです。邪魔をしてはなりません」

「いや、でも――」

「シャーラップ！　これは儀式なのです。かつてアラブの男子が陰茎の包皮を切り取ったがごとく、アフリカの女子が陰唇を縫合したがごとく、避けてはならない通過儀礼なのです」

大村はトモコの手をどけさせると、乳首に音を立てて吸いついた。

「なんてテイスティなんでしょう。ささ、次はパンティも脱いでしまいましょう」

今度は大村が脱がせにかかった。右手にカメラを持ったまま、左手だけで器用にトモコのパンティを下ろしてしまう。

おい。もしかしてこの場でハメ撮りをする気か？　健治は焦った。

「社長、このへんでいいんじゃないですか」

「栗野。黙れと言っているのがわからないのですか。君の目に映っているのは、もはや街でスカウトした女の子ではない。ここにいるのはAV女優、田恵忍なのです。さあ忍ちゃん、ソファに横になって」

トモコはもはや顔色をなくし、大村の言うがままになっていた。時折せつなそうな目で健治を見る。胸が締めつけられた。

そのときうしろから肩をたたかれた。振り返ると西沢がいつのまにか現れていた。

「栗野。商品に情けをかけるな。マンコの付いた動物だと思え」

「はあ……」

「撮影はいつだ」

「来週の木曜日です」

「そうか。それまで女は逃がすなよ。当日、ドタキャンでもかまされたら、スタジオ代から機材のレンタル代から人件費まで、すべておまえが弁償させられるんだからな」

「えっ、そうなんですか」

「そうだ。そうなったら五十万は覚悟しとけ」

健治は、当分ほかの女の相手はせずトモコの送迎だけに時間を割こうと思った。

「ところでいい女じゃねえか、栗野。社長のあと、おれがいくからな」

「えっ……」

西沢はズボンを下げると、自分で性器をしごき勃たせていた。

目の前のソファではトモコが大村にヤラれている。トモコは目を固く閉じ、それでも少しは感じるのか「あ、あ」とかすかに声をあげていた。

しばらくすると自分の感情が消えていた。他人事のように目の前の光景を眺めている。ただ、自分はもう普通の恋愛をすることはないのだろうな、と柄にもないことをぼんやり思った。


その翌日、健治は区役所へと乗り込んだ。金づるをみすみす放っておくことはない。身分証のメモを頼りに出納課という部署に出向いた。すると男は一瞬のうちに青ざめ、あわてて出てくると健治の腕を取り、階段の踊り場へと引っ張っていった。

「勘弁してくださいよ。この前財布の中のお金、取っていったじゃないですか。おまけにこっちは前歯も折れたんですよ。おあいこじゃないですか」

見ると、男は前歯が二本、きれいになくなっていた。

「馬鹿野郎。リサが負ったのは心の傷なんだよ。てめえなんざ歯医者に行けばすぐに治るもんだろうが。リサは怖くて表も歩けなくなってな、勤め先も辞めちまったんだぞ」

「じゃあどうすればいいんですか」

「てめえの誠意を見せるんだよ、誠意を」

「誠意と言いますと」

「てめえで考えろ」

鼻の頭をつまみ、思いきり捻《ひね》ってやった。男が顔を歪《ゆが》める。

「……十万でどうですか」

「あ？　聞こえねえな」

「十万で……」

「聞こえねえって言ってんだよ」

健治は大声で怒鳴った。その声が区役所の階段に響いている。

男は鶏のように周りを見まわした。

「二十万では……」

「まだ聞こえねえなあ」

「三十万……」

「よーし、それを誠意の第一段階としてやる。よし、じゃあこれから銀行へ行こうぜ」

「これからですか」

「あったりめえだろう」

男の首根っこをつかみ、外に連れだした。区役所の近くの銀行で三十万円を下ろさせる。ついでに残高を見たら三百万円以上あった。

「てめえがリサに手渡した手紙あんだろう。あれな、コピーに取って区役所前でばらまいてやろうかと思ってたんだ。とりあえず今日のところは我慢しといてやる。感謝しろよ」

「勘弁してくださいよ」男は涙目だった。

「てめえの今後の誠意次第だ」

健治は金を内ポケットに入れ、意気揚々と引きあげる。あの三百万はいただきだと思った。


懐具合がよくなったので、即行で渋谷よりの十二階建てマンションに引っ越した。新しい部屋はその最上階だ。リビングが広いのが気に入っている。せっかくだから革製のソファでも置くかと、二十万円もするイタリア製を奮発した。費用は区役所の男に二度目の誠意を見せてもらい、それを充てた。

最初の夜にトモコを連れ帰ったら、トモコは夜景の美しさに目を輝かせていた。以来、この部屋に泊まるのはトモコだけだ。

「おい、トモコ」もう呼び捨てにすることにした。「おれと一緒に暮らさないか」

健治の本心だった。あばずれ女たちとのセックスにはもう飽き飽きしていた。マネージメントをやめて店の買い取りにしてもらえばいい。それでもう女たちの我が儘を聞かなくて済むのだ。そろそろ身の回りの世話をしてくれる女も欲しかった。トモコなら尽くしてくれると思った。ＡＶでしばらく稼ぎ、そののちソープにでも働きに出てくれれば自分は働かなくて済む。ヒモこそが男の理想だ。

マンコは共有してもいい。でもトモコの心は自分のものなのだ。

「親に相談しないと」トモコが言う。

「親は何やってんだ」

「おとうさんは会社員で、おかあさんは専業主婦」

「なんだ普通だな」

健治に親はいなかった。両親は小学生のとき離婚し、家族はばらばらになっていた。中学まで祖母の家に預けられ、高校へは行かなかった。

中卒で鉄工所に就職したが半年と続かなかった。遊びを覚えたからだ。油にまみれて働くのは、仲間に対して恰好がつかなかった。それに、どうせ真面目に勤めたところで先行きは知れている。大学出のサラリーマンの稼ぎには逆立ちしてもかないっこないのだ。

だったら一攫千金を狙った方がいい。

働く奴は馬鹿だ。金儲けを考える奴が利口なのだ。

「ところで明日の撮影、大変だと思うけどがんばってくれ。場所は用賀《ようが》のスタジオだ。スタジオっていってもレンタル用の一軒家だけどな。そこに午前九時集合だ。ここから車で一緒に行こう」

ヨシエには現地集合だと地図を渡してあった。セックスとAVの仕事に飢えた女なので放っておいても大丈夫だ。トモコさえ送り届ければ明日の撮影は無事に執り行われることだろう。

「不安か？」

「少し……」

トモコが悲しそうな目をする。商品とわかっていても愛しくなってきた。

「こっちへ来い」トモコを抱き寄せた。「トモコ、おれの女になれよ」

「うん」

「ずっと一緒だからな」

「うん」

たっぷりと時間をかけ、トモコとセックスをした。

ちゃんとしたマンションだけあって、もう床がギシギシと鳴ることはなかった。


朝、インターホンの音で目が覚めた。枕元の時計を見ると午前六時だった。

誰だ、こんなに朝早く——。まだ意識のはっきりしない頭でリビングの受話器を取る。こちらが声を発する前に「警察だ」という低い男の声が聞こえた。

深くため息をついた。

「栗野健治だな。逮捕状が出てるぞ。すぐに開けろ。ここは十二階だ。どこからも逃げられんぞ」

「はいはい」

ぞんざいに返事をした。

こんなに早く音《ね》をあげるとは。なんて気の小せえオッサンなんだ――。

玄関に歩きながら頭を働かせようとした。警察沙汰は初めてではない。十代のころさんざん悪さをしてきたからビビることもない。

傷害と恐喝か。二十歳を過ぎてからは逮捕歴がないから初犯扱いだな。となると悪くても執行猶予で、あの男と和解をすれば不起訴もある。

たいしたことねえよ――。腹の中で強がり、ドアを開ける。

私服の刑事が三人いた。「逮捕状だ」とペラペラの書類を健治の目の前に広げた。

「容疑はわかってるな。区役所に勤務する――」

「はいはい、わかってます。ちょっと待っててください。着替えますから」

刑事たちが部屋に上がろうとした。

「逃げやしませんよ」

「だめだ。証拠隠滅の恐れがある」

逆らうのが面倒なのでリビングに通す。寝室へ行くとトモコは起きていた。

心配顔のトモコに手短に事態を説明した。渋谷で喧嘩をして相手に怪我をさせてしまったと嘘をついた。そして今日の撮影の集合場所を地図に描いて渡した。

「すまない。おれは送ってやれなくなったから一人で行ってくれ。必ず九時までに行ってくれよな。大丈夫だ。スタッフはやさしい人ばかりだ」

トモコは黙ったまま「うん、うん」とうなずいている。

「今日一日の辛抱で大金が入るんだ。だからがんばってくれ。おれはすぐに帰ってこれると思うから」

目を見て言った。この女は逃げないと確信した。

「おい、早くしろ」刑事が寝室までのぞきに来る。

「わかってますって」

「その女は誰だ」

「おれの彼女ですよ」

そうだ——。そう答えて思いだした。元はといえばトモコがストーカー被害に遭ったのが原因だったのだ。あの薄気味悪い手紙を証拠として出せば、さらに罪は軽くなる。

急いで引き出しにしまってあった手紙の束をセカンドバッグに詰め込んだ。

「お待たせしました。じゃあ、行きましょうか」

こっちにだって理はある。少し余裕が出てきた。

刑事に両脇を抱えられ、マンションを出た。

パトカーの中で健治は刑事に事情を話した。彼女がしつこくつきまとわれ、別れろとまで言われ、ついカッとなって手を出してしまったこと、金を要求したことは一度もなく、向こうからこれで許してくれと言ってきたことを、健治は落ち着いて釈明することができた。

「わかった、わかった。署で聞いてやる」

刑事が欠伸《あくび》をしながら答える。刑事たちも面倒臭そうだった。

そりゃそうか。チンケなヤマなのだ。刑事だって被害届が出たから渋々腰をあげたのだろう。ますます気持ちに余裕が出てきた。

だから署の取り調べ室に入っても、張り詰めた空気はどこにもなかった。

「あ、そう。じゃあ被害者の男が、連日にわたって手紙を手渡す等のストーカー行為を働いたわけだな。それでおまえが腹を立てて蹴飛ばしたと」

刑事がたばこを吹かしながら言う。

「そうなんですよ。もちろん暴力がいけないことは充分わかってます。歯の治療費はこちらで払わせていただきますから」

健治はしおらしく頭を下げた。警察官の扱いは知っている。突っ張って相手の態度を硬化させないのがコツだ。

「金は返すんだよな」

「もちろんです。明日にでも返却させていただきます」

「じゃあ、和解しな。こっちも忙しいんだからよ。それで先方に被害届を下げさせたらこの件はチャラにしてやる」

「はい、ありがとうございます」

やったと思った。金を返すのは業腹《ごうはら》だが、今は釈放されることが先決だ。

「ああ、それから、一応その手紙っていうのも見せな。持ってきてんだろ？　確認だけしとく」

健治はバッグから手紙の束を取り出し、テーブルに広げた。

刑事がそれに目を通す。たちまち肩を揺すって笑いだした。

「おい、あの区役所の野郎、とんでもねえ変態じゃねえか」

ほかの刑事たちも集まってきた。それぞれが手紙を手にし、笑いこけている。

「おいおい、『君のためなら死ねる』ってよ。岩清水弘かこいつ」

取り調べ室は爆笑の渦となった。

「うん？　何だこれは」

一人の刑事が書類をひらひらさせた。トモコとヨシエの出演同意書だった。

「あ、すいません。関係ないのが混ざってました」

あわてて取り返す。しまったな。健治は舌打ちした。トモコに持って行かせるべきだった。

二枚の同意書にぼんやり目をやった。二人の住所と署名が書かれている。

そういえばトモコって世田谷のどのあたりに住んでたんだっけ。「世田谷区下馬」という住所が読み取れた。

うん？　ヨシエも確か下馬だったが……。両者の番地を見比べる。「二―三―××」。同じだった。

一瞬にして血の気がひいた。呼吸が止まった。嘘だろう？

二人は共に「佐藤」姓だった。あまりにありふれた名字なのでこれまで意識すらしなかった。とくにトモコはずっと下の名前で呼んでいたので、佐藤という名字すら忘れていた。

二人は親子なのだ。

大変だ――。唇が震えた。このままだと現場で鉢合わせしてしまう。

腕時計を見る。午前八時半。今からタクシーを飛ばせば先回りできるかもしれない。

撮影はキャンセルだ。どっちにしろ、鉢合わせしたら修羅場になって撮影はオジャンなのだ。だったら自分が阻止した方がいい。母親とヤッたとなったら、いくらトモコでも自分の元を去っていくだろう。五十万くらい弁償してもいい。絶対に阻止するのだ。

何が「親子丼」企画だ。本物じゃないか。しかも先に自分が「親子丼」していたのだ。昼と夜の一日の間に――。

「あの、刑事さん」必死に平静を装った。「それじゃあ、先方さんに金を返して来ますので、ぼくはここで」

「バーカ。おまえはここにいるんだ。弁護士か代理人に被害届を下げてもらって、初めておまえは釈放されるんだ。彼女とやらにやらせたらどうだ」

「じゃあ、ケータイで連絡取っていいですか」

そうだ。その手があった。電話で行くなと告げるのだ。

「うん？……」刑事がむずかしい顔で考え込んでいる。「通常はこっちで連絡を取るんだがな。

まあいい。特別に認めてやる」

健治は急いでケータイでトモコを呼びだそうとした。しかし電源を切ってあるらしくつながらなかった。

めまいがした。もうあの男はかけてこないだろうが。

ますます焦った。頭がぐるぐる回る。

「刑事さん、トイレ行っていいですか」

「おう、勝手に行ってこい。そこの突きあたりだ」刑事は手紙に視線を落としたまま答えた。

「おい、『結婚式は軽井沢高原教会で挙げようね』だってよ。ぎゃはは。こいつ三十五だろう」

涙を流してよろこんでいる。

健治はゆっくりと廊下に歩いた。

心臓の鼓動を抑え、階段を降りた。

一階の交通課を横切り、玄関を出た。

自分から再出頭すればいい。刑事は自分の失態を隠したがるから大事には至らないだろう。殴られる程度で済むなら儲けものだ。

通りに出た。目指す方向は逆なので、タクシーをつかまえるためには向こう側へ渡らなくてはならない。

なのに横断歩道も歩道橋もない。

急がなくては。二人が対面したら地獄だぞ。トモコは泣くぞ。そんな姿は断じて見たくない。

健治はガードレールをまたぎ、通りを横切ることにした。

トラックが通り過ぎるのを待ち、思いきってダッシュした。

トラックの陰にバイクがいたことに気づく。咄嗟《とっさ》に足が凍りつく。

クラクションとタイヤの悲鳴が同時に耳をつんざき、後続車のフロントグリルが目に飛び込んだ。

腰に衝撃を受ける。健治は宙に舞っていた。

アスファルトが眼前に迫るのを見ながら、ああ、おれは心からトモコを愛していたのだと、
頭の片隅でぼんやり思う。次の瞬間、プツンと、テレビを消したように健治の意識が切れた。

ラブピポ

LIGHT MY FIRE

第3話

1

その日も四十三歳の主婦、佐藤良枝は居間で寝転がり、テレビのワイドショーを見ていた。働いていないので、朝食を済ませると午前中からすることがなくなる。夫の春雄は平凡なサラリーマンで、一人娘の友子は二年前に高校を卒業し、デパートに勤務していた。手のかかる家族はなく、毎日が日曜のような日々だ。

ワイドショーでは新たな芸能界バトルが報じられている。今度は女占い師とベテラン女優が、挨拶があったなかったで揉めていた。

ジャージに手を突っ込み、ぽりぽりと尻をかく。座布団を二つ折りにして枕代わりにした。ふと思いつき、足を交互に上げて美容体操の真似事をする。デブというほどではないものの下腹は見事にたるんでいた。スカートやパンツはウエストがゴムのものばかりだ。たまたま手の届く場所に電話帳があったので、引き寄せ、腹の上に乗せた。それで少しは脂肪が圧縮される気がした。

向かいの家の門が開く音がする。あわてて体操を中断し、レースのカーテン越しに様子をうかがった。菊地令子が着飾って外出するところだった。妹と共同で輸入雑貨店を経営していて、午前中だけ顔を出していると聞いたことがある。

洟《はな》をすすり、また寝転んだ。テレビ画面に映る女たちの顔を横目で見ながら、今度は腹筋を試みる。でも上体が起きあがらない。たまたま手の届く場所に掛け布団があったので、それを足に乗せ、重し代わりにした。

息が切れ、三回でやめた。ワイドショーでは次の話題に移っていた。映画の試写会に現れた芸能人のファッションチェックをしている。巨乳の姉妹にカメラが向き、胸の谷間が大写しされていた。

トレーナーの上から何げなく自分の乳房をつかむ。近所の主婦の中では大きい方だ。それほど垂れてもいない。

しばらく触っていたら乳首が勃《た》ってきた。自然と右手が股間へと伸びた。ここ数年、自慰癖がすっかりついてしまっている。夫の春雄が役に立たないからだ。

目を閉じ、最近気に入っている若手俳優を頭に浮かべ、自慰行為に耽《ふけ》った。

奥さん、前から好きだったんです。いけないわ、わたしは夫も子供もある身。いいじゃないですか、ぼく、我慢できないんです——。五分と経《た》たずエクスタシーに達した。

体を起こし、周囲を見回す。ティッシュの類《たぐ》いはなさそうだ。仕方がないので掛け布団の端っこで股間を拭いた。

表の通りでバイクの音がする。またカーテン越しに外をのぞくと、音の主は郵便配達員だった。菊地令子の家のポストに郵便物が放り込まれる。中腰の姿勢のまま、配達員が去っていくのをじっと見ていた。

　バイクの音が遠のいたのを確認すると、良枝は玄関に回り、サンダルではなく運動靴を履いて外に出た。門のところから首を伸ばし、通りに誰もいないのを確認する。

靴音を立てないよう、忍び足で菊地令子の家の門まで走った。郵便は中から取りだす仕組みになっている。良枝はそっと門を開け、敷地内に足を踏み入れた。

　番犬のゴールデンレトリバーが裏庭で吠えている。いつものことだ。朝から晩までうるさいのだ。鳴き声が近所に響き渡らないうちに素早く配達された郵便物を取りだし、トレーナーの中に隠した。

　門を閉め、通りに人がいないことを確認して自宅に駆け込む。そのまま台所に行き、やかんを火にかけた。お湯が沸く間に差出人を見る。ＤＭが二通にクレジット会社からの利用明細、肉筆の葉書が一枚だった。

　葉書は礼状だ。「おいしいワインをありがとうございました」と達筆で綴《つづ》られている。菊地令子はプレゼント魔らしい。この手の礼状が毎週届く。

　やかんの注ぎ口から湯気が立ちはじめた。良枝はクレジット会社からの封筒を手に取り、糊付けされた部分を湯気にあてた。

　たちまち蒸気が封筒を湿らせる。濡れ過ぎないように距離を調整し、糊付け部分が波打つのを待った。

　この作業にはすっかり慣れた。菊地令子の家の郵便物を盗み読みしてもう二年になるからだ。

頃合いを見計らって竹串を差し込む。ゆっくり滑らせると、封筒はきれいに開いた。中の書類を取りだし、目を落とす。

菊地令子はほとんどの支払いをカードで済ませているようで、毎回明細は一枚に収まりきらなかった。美容院すらカードで支払う。いちばん多い利用先は銀座三越だ。デパ地下をスーパー代わりに使っているのだ。

菊地令子の夫は大手ゼネコンに勤務していた。春雄は吹けば飛ぶような販売会社でカーテンレールを売り歩いている。きっと給料は三倍ほど差があるだろう。

明細書の「カードご利用限度額」の欄を見た。二百万円になっていた。先月までは百八十万円だったから、また増えたことになる。

良枝の持っているカードは、利用限度額がずっと二十万円のままだった。買い物先といえば近所のヨーカドーしかない。一万円以下の買い物でカードを使うのは面倒臭く、そのせいで実績も上がらないのだ。

ひと通り目を通し、テープ糊を使って封をし直した。まだバレたことはない。

良枝は手紙を盗み見るが、それ以上のことをしようとは思っていない。目の前に食べ物があれば、とりあえず臭《にお》いを嗅《か》いでみる。そんな軽い感覚だ。罪の意識もない。

通りに人がいないのを確認し、郵便物を菊地令子の家のポストに返した。裏庭でまた犬が吠えている。散歩に出かける姿を何度も見ているが、立ちあがると成人男性ほどの背丈になる大型犬だ。

家に戻り、再び居間で寝転がった。

たまたまそばに落ちていたブラシで髪をとく。欠伸《あくび》をし、放屁《ほうひ》した。

することがない生活にはすっかり慣れた。一人娘が働くようになってからは、世話をする相手もいなくなった。自分の食事の心配だけをしていればいい。

ふと思いたち、押し入れから消臭剤を取りだす。トイレに使う業務用で、たまたまスーパーで見つけ、大量に買い込んだものだ。

廊下を歩き、階段の下から二階に向けて投げつけた。

容器から液体がこぼれ、たちまち一帯が薬品の臭いに包まれる。

すぐさま居間に逃げ込み、襖《ふすま》を閉めた。

寝転がり、テレビを眺める。ドラマの再放送をやっていた。ベッドシーンが始まり、また股間に手がいってしまう。

ここのところ、毎日オナニーをしていた。しかも数回ずつ。

体がすっかり目覚めてしまった。人生にも楽しいことがあるのだと、あらためて気づかされた。

最近、良枝はアダルトビデオ業界に身を投じた。スーパーを出たところでスカウトマンに声をかけられ、そのままついていったのだ。

まるで子供が「おいでおいで」をされ、疑うことなくついていく感じだった。人から声をかけられたのが、どこか虚を突かれたようで、新鮮な思いがした。人との会話自体が、久しぶりだった。人殺しの相談を持ちかけられても、話に付き合っただろう。

　喫茶店で説明を受けながら、今度は気持ちが高揚してきた。夫との性交渉はすでに十年なく、若い男とセックスができるというだけで全身が熱くなったのだ。もう四十三歳だ。これを逃したら、男に体を求められる機会など一生ないかもしれない。

「わたし、やるわ」あっさり承諾していた。

　西沢と名乗る若いスカウトマンは、あまりの呆気《あっけ》なさに戸惑っていた。西沢とはその日のうちにセックスをした。

「オーディションしなくていいの？　裸を見なくていいの？」

「いや、ぶっつけ本番でもいいッスから」西沢は逃げ腰だったが、良枝がつかんで放さなかった。

　幹線道路沿いのモーテルで若い男にむしゃぶりつき、良枝は恍惚に浸った。これでお金がもらえるとは夢のような話だと思った。

　初めての仕事は半月後に与えられた。養豚場で保険外交員が農夫たちに凌辱されるというストーリーだった。顔はモザイクという条件なので、裸で豚にまたがることも、堆肥《たいひ》にまみれることも、何でもできた。

　二本目の仕事は、オフィスビルのトイレでお局様《つぼね》が清掃作業員に犯されるというストーリーだった。一本二十万円というギャラを思うと、男子トイレ個室でのハメ撮りも我慢できた。

三本目は、倉庫で逆さに縛りあげられるというSM物だった。

四本目は、キャンプ場で輪姦される野外物だった。

「ねえ、普通にベッドでやらせてよ」さすがにクレームをつけた。

「すいません。熟女物って、イコール企画物なものですから」西沢はしきりに恐縮していた。

ともあれ、良枝はAV女優になった。疚《やま》しさはない。それどころか、世の中から必要とされていることによろこびを感じている。自分を見て、誰かが自慰行為に耽っている。きっとこれは女の誇りだ。

金が入りだしたので、久しぶりに贅沢《ぜいたく》もした。一人で松阪牛ステーキを焼いて食べた。おそるおそる駅前のブティックをのぞき、高価な服も買った。

今度は銀座で買い物でもしようかと計画を練っている。渋谷から先へはもう何年も行っていない。


夕方になって、良枝は晩ご飯の支度をはじめた。

夫の春雄は終電でしか帰ってこない。とっくに会話はなくなっているので、何をしているのかも知らない。一度、定期入れをのぞいたら病院の診察券が出てきたことがあった。よく見ると神経科のものだった。

娘の友子は、最近、帰りが遅くなった。ときとして外泊することもある。

こちらも親子の会話は途絶えていて、その理由はわからない。もっとも娘はすでに成人しており、干渉するようなものでもない。

米は炊かなかった。一人分などレンジでチンするパックのご飯で充分だ。味噌汁も作らなかった。お湯を加えるだけのインスタントでここ一年ほどは済ませている。スーパーで買った漬物や煮物のパックを食卓に並べる。

寝転がるだけの生活なのに太らないでいられるのは、粗食のおかげだ。エネルギーを使わないから食欲も湧かないのだ。

ちなみにご飯はパックからそのまま食べ、味噌汁は紙コップに作っている。箸は割り箸だ。したがって洗い物はない。

食べ終わると、居間で横になりテレビを見た。お笑いタレントたちがブラウン管でふざけ合っていた。「あはは」とつられて笑う。

手の届く場所にハサミがあったので、それで爪を切った。爪の切カスが四方に飛びちる。

背中が痛いと思ったら、布団の下に電話の子機があった。充電が切れているようで、液晶画面には何も映っていなかった。

部屋の隅に放り投げる。ガラスが割れる音がする。首だけを起こして見ると、金魚鉢が半分砕けていた。

スーパーの景品でもらったものだったことを思いだす。ずっと放置してあったらしい。

踏んで怪我をしてもつまらないので、手近にあった毛布を引っ張りだし、割れた金魚鉢めがけて投げた。

うまく覆ってくれた。また横になる。

鼻クソをほじる。鼻水混じりのそれが糸を引いて出てきた。テーブルの縁に擦《こす》りつける。そんな跡がテーブルのあちこちにある。

風呂はどうするか。欠伸をしながら考える。

ふだんは週に二回ほどシャワーを浴びていた。湯船に浸かるのは年に数回だ。

一応AV女優なので、シャワーで体だけはきれいにしておくか。良枝は立ちあがると風呂場へと行った。

洗面所には洗濯物が干してあり、その中から自分の着替え用の下着を外した。

浴室でシャワーを浴びる。股間にシャワーを当てたら感じてしまい、今日三度目のオナニーをした。

五分ほどで出て、タオルを探す。なかった。

仕方がないので洗濯物で水気を取り、裸のまま居間に戻ると、テレビの脇にタオルが落ちていた。拾って臭いを嗅ぐ。少し臭かったが不都合はないのでそれで体を拭いた。

タオルは乾くよう茶箪笥《ちゃだんす》にかけた。

ジャージを身につけ、布団に転がる。枕に横顔を埋《うず》め、ずっとテレビを見ていた。

午前零時を過ぎて、まず春雄が帰ってきた。

ただいま、とも言わず、風呂場でシャワーを浴びる。冷蔵庫を開けてゴソゴソと何か食べている物音がして、その後、静かになった。

夫は台所の隅に布団を敷いて寝ている。去年、良枝が冷蔵庫の横に夫の布団を敷き、顎《あご》をしゃくったら、おとなしく従ったのだ。

朝は、良枝が寝ている間に出ていってくれる。

午前一時近くになって、友子が帰ってきた。

デパート勤務を終えた後、毎晩何をしているのか。この前ちらりと見たら、化粧が濃くなっていた。

友子は奥の和室を自分の部屋として使っていて、良枝は何年も入ったことがない。

かつては二階が子供部屋だったが、今は階段が荷物置き場になり、上がれない状態になっていた。

良枝は二時過ぎまでテレビを見ている。朝起きると家には一人――、そういう状態が普通になっているからだ。

布団を被《かぶ》り、ぼんやりブラウン管を眺めている。

そうしていると自然に睡魔がやってきてくれた。

2

菊地令子は今日も午前中に出かけていった。淋しがってか犬が裏庭でいつまでも鳴いていた。

郵便物が配達されるのを待って、早速盗み見る。

娘の学校からの授業料納入通知書が来ていた。菊地令子の娘は有名私立中学に通っている。授業料が半期で七十万円もすることを良枝は知っている。

封筒が一通あった。差出人の名前がない。

開封すると、便箋一枚に、サインペンの楷書で犬の鳴き声についての苦情が大書してあった。

《犬、朝も夜もワンワンうるさい。なんとかしろ。近隣住民一同》

いったい誰だろう。菊地家の両隣か、庭を隔てた奥か、それともそれ以外の近所か。いずれにせよ《一同》ということはない。誰かこの辺りの住人が、菊地家の犬の鳴き声に腹をたてているのだ。

とりあえずほくそ笑む。他人同士の諍《いさか》い事は心が弾むものだ。とりわけ相手がいけすかない菊地令子だ。

ただ、このままだと自分も疑われる可能性がある。真向かいなので有力候補になるのは必至だ。

良枝はしばし考え、手紙の最後に《右代表、山本博子》と、同じ楷書体で書き加えた。

山本博子というのは、菊地家の東隣に住む主婦だった。菊地令子とはごく普通の近所付き合いをしている。

これでどうなるのだろう——。考えてもわかるわけがないが、少しは面白くなりそうな気がした。

郵便物を戻し、居間でテレビを見ていると電話が鳴った。出るとＡＶスカウトマンの西沢だった。今度マネージャーが代わることになった、という連絡だった。

「あら、残念だわ。せっかく仲良くなれたのに」良枝が不満をあらわにして言う。自分の体を目覚めさせたのは西沢なのだ。

「大丈夫ッスよ。栗野っていう若くていい男を用意しましたから」

「じゃあ、会わせてよ」

若い男の声を聞いたら無性に欲情した。今のところ、セックスは自分の人生で唯一の潤いだ。なんとか面会の約束を取りつけた。もちろん精液を搾り取るつもりだ。

電話を切り、またテレビを見る。司会者が好みの男だったので、ジャージを下げ、オナニーをした。尻の下の布団はずっと敷きっぱなしだ。ずっと干してないので全体がじっとりと湿っている。めくればカビくらい生えているだろう。もちろんそれを確かめる気にはなれない。

昼食はスーパーで買ってきた海苔《のり》弁当を食べた。お茶はペットボトルのものだ。急須は家の中で行方不明になっている。

ふと思いたち、防虫剤を階段の下から二階に向けて噴霧した。園芸店で購入したものだ。どれほどの効果があるのかわからないが、ウジ虫の発生ぐらいは防いでくれる気がする。

午後になると、向かいの菊地令子が帰ってきた。タクシーの停まる音でわかった。ガラス越しに注視する。菊地令子は郵便受けから手紙類を取りだすと、家の中へと消えていった。裏庭からは例によって犬の鳴き声が聞こえる。

良枝の胸が高鳴った。このあとすぐ、菊地令子は例の手紙を開封する。そこには犬の鳴き声についての苦情が書かれていて、最後には隣人の山本博子の名前がある。

どんな反応をするのだろう。青くなるのか、赤くなるのか、想像するだけで興奮する。隣を訪ねてくれるといちばん面白いのだが。

しかし、菊地令子はその後、家から出なかった。良枝は、菊地が山本博子に問いただすことができなかったのだと判断した。電話で聞いたのなら、手紙を見せるための行き来があるはずだ。どうしていいかわからないのだ。

きっと一人で疑心暗鬼になっていることだろう。

心なしか、その夜は犬の鳴き声も小さくなった気がした。

いい気味だと、良枝は湿った布団の中で思った。


差出人不明の手紙は、翌日も菊地令子の家に届いた。

《大きな犬を連れてえらそうに散歩するな。近隣住民一同》

どうやら鳴き声だけでなく、高価な洋犬を飼っていること自体が気に食わないらしい。

良枝は、この手紙にも《右代表、山本博子》と書き加えておいた。

手紙を戻すと、久しぶりに化粧をした。この日は、新しいマネージャーと顔合わせをする日だった。部屋中をひっくりかえし、前回の撮影時にガメたバイブレーターを探しだしてバッグに詰める。自転車を漕いで、幹線道路沿いのファミリーレストランへ出かけた。

栗野健治という新しいマネージャーは、いかにも今どきの若者といった茶髪の青年だった。

ホストのようなダブダブのスーツを身にまとっている。きっと派手に遊んでいることだろう。二十三歳というから、娘とたいして変わらない。

「ねえ栗野君、わたしもっと仕事がしたいんだけどォ」

テーブルに向き合い、シナを作って言った。面談のもうひとつの目的は営業だ。趣味と実益を兼ねたＡＶの仕事を、なんとしても拡大したい。

「すいません。こっちはビデオメーカーからのリクエストに従ってモデルさんを派遣する立場なんで。そのリクエストがないときは……」

栗野は頭を掻いていた。物腰は柔らかそうだ。ついでにギャラの値上げも要求してみた。すると栗野は、顔出しをしなければ二十万が相場だと言う。

「あら、そうなの。だったらわたし、顔出ししちゃおうかしら」

実のところ、顔を出すことにさしたる抵抗はなかった。近所に口を利く相手はおらず、実家の両親はすでに他界していて、兄弟とは疎遠になっていた。バレたところで困ることにはならないのだ。

「そうですか。だったら仕事も取りやすいし、ギャラも倍にはなりますよ」

栗野がうれしそうに身を乗りだす。女優のギャラが上がればマネージャーの取り分も増えるので、よろこぶのは当然なのだろう。

食事を済ませると、良枝は栗野をモーテルに誘った。

「マネージャーと女優ってもっと互いのことを知る必要があると思うの」

「すいません。おれ、ちょっと次の仕事が……」

忙しいと渋っていた栗野だが、じゃあ仕事はキャンセルすると脅すと、うなだれながらもついてきた。

バイブレーターで心ゆくまで乱れ、最低でもこれくらいはと思っていた三発を抜いた。

栗野は若いだけあって期待に応《こた》えてくれた。快楽が得られれば得られるほど、性生活と縁がなかったこれまでの人生が悔やまれ、良枝の中で、そのぶんを取り返そうという気持ちが募った。

それは焦燥感にも似ていた。もう若くはない。需要がなくなるのはすぐ先なのだ。


菊地家への苦情の手紙は、中二日をおいて三通目が届いた。

郵便受けに白い封筒を見つけたときは、胸の高鳴りを抑えられなかった。

《可愛いのは飼い主だけ。他人にとってはただの畜生。ただちに吠えるのをやめさせよ。近隣住民一同》

わかりやすい簡潔な文章に感心した。あながち馬鹿ではなさそうだ。いったい誰だろう。良枝も犯人を知りたくなった。恒例となった山本博子の名を横に書き加えた。

家の中からずっと様子をうかがってはいるのだが、今のところ、菊地令子が山本博子と会話を交わした様子はない。依然、菊地令子は自分の胸にしまっているのだ。

一度、前の道ですれちがったが、二人は笑みを浮かべて軽く会釈するだけだった。

山本博子の自然な態度を見て、菊地令子はどう思ったのだろう。

別に犯人がいて隣人に罪を着せようとしている、と推理しているのだろうか。

それとも、この役者が、と疑いの目を向けているのだろうか。

いずれにせよ、菊地令子の心は平静ではない。それが証拠に、毎朝の犬の散歩を昨日今日と休んでいる。動揺しているのだ。

犬は散歩に連れていってもらえないから、いっそう吠えている。

豪華な居間で途方に暮れる菊地令子の姿を想像し、良枝はほくそ笑んだ。他人の不幸はなんとも愉快なものだ。

そして四通目は、一日おいて届いた。

《うるさい。いいかげんにしろ。犬を飼いたければ無人島へ行け。馬鹿。死ね。近隣住民一同》

文面に変化があることに、良枝は「おやっ」と思った。一転して怒りがストレートに表れている。とくに最後の《死ね》はもろに感情的だ。

おそらく、手紙の主も苛立《いらだ》っているのだろう。犬が以前にも増して吠えるようになり、つい我を失ったのだ。そう思ってみると、文字もいくぶん震えているような気がする。

今さらあとには引けないので、これにも《右代表、山本博子》と書いた。

それにしても誰がこの手紙の主なのか。直接抗議ができないのだから、根はおとなしい人間なのだろう。怒りをうまく発散できないせいで、こういう歪《ゆが》んだ行動に出るのだ。

五通目は、続いて翌日に届き、《吠えない躾《しつけ》は欧米では常識。溺愛する姿は醜い。鏡を見てはいかがか。近隣住民一同》とあった。

やや理性を取り戻したようだ。

しかし六通目になるとまた乱れ、文面は《うるせえんだよ、このバーカ。死ね死ね死ね。近隣住民一同》となっていた。文字も殴り書きになっている。情緒が安定してないように見受けられた。

さて、どうしよう。《右代表、山本博子》と書き続けるべきか。

考えてもわかるわけがない。やめた方が不自然と思い、殴り書きを真似てしたためた。

このころになると、手紙を見るのが良枝の大きな楽しみになっていた。

白い封筒を見つけると心が弾む。一人でいる毎日に、一日の糧《かて》ができたような感じだった。

夫と娘はいないも同然だ。春雄は夜遅く帰り、台所で寝て、朝早くに出かけていく。友子は近頃いっそう帰りが遅くなり、外泊も増えた。

一度、娘宛に来たカード会社の利用明細を習慣で盗み見た。あちこちで高額な買い物をしていることに驚いた。

デパート勤務の給料でこの贅沢は無理だろうと訝《いぶか》ったが、さして関心もないので、放っておくことにした。

夫や娘が一週間いなくなったとしても、自分はきっと気づかない。このまま消えたとしても、ふだん通りでいるにちがいない。

半月ぶりにＡＶの仕事が入った。栗野から電話があり、「顔出しで親子丼物なんですけど、どうッスかねえ」と出演を打診されたのだ。

一も二もなく引き受けた。オナニーにすっかり飽きたころだった。生身の男なら和田勉だっていい。まずはその前に栗野だ。

打ち合わせがしたいと言うと、「いや、台本もとくにないんで、当日でもいいッス」と及び腰だった。

もちろん許さない。「じゃあ顔出しはしない」と脅して呼びつけた。

栗野がホテル代がないと言うので、自宅に招き入れた。

「うわっ、良枝さん。これって、ちょっと……」栗野は玄関がゴミの山になっていることに度肝を抜かれた様子だった。「靴、脱ぐんですか？」失礼なことを聞く。

「当たり前でしょう」

良枝は先に家に上がると、台所から業務用消臭スプレーを取りだし、階段下から二階に向けて噴射した。

「うわっ。なんスか、これ」栗野がハンカチで口を押さえる。目は涙ぐんでいた。

「大丈夫よ。人体に直接振りかけなきゃ害はないそうだから」

「うわっ。なんか踏んじゃいましたよ」

「あんた、『うわっ、うわっ』ってうるさいわね」

「だって足の下」

「ああ、それ。大根よ、大根。腐った大根」

「どうして廊下に」

「いちいちうるさいわね。さっさと居間に行って服を脱ぎなさい」

「居間って、もしかして、この部屋のことですか」

栗野が、廊下に面した和室を指さした。

「そうよ。布団が敷いてあるでしょ」

栗野が絶句している。長年のゴミが山積し、畳がまるで見えない状態なので、疑うのも仕方がない。

良枝は風呂場でさっと股間をゆすぐと、下半身裸のまま居間に入った。

栗野は青い顔で部屋の隅に立ち尽くしている。

「どうしたの」

「布団をめくったらゴキブリが三匹ほど出てきたんスよ」

「平気よ。ゴキブリは嚙みつかないから」

栗野の腕を取り、布団の上に引き倒した。

「ああーん、欲しかったの」甘えた声を出した。

栗野が服を着たままだったので、むりやり脱がせる。

「あっ。良枝さん、この服、高いんスよ」

「じゃあ自分で脱ぎなさい」

観念して裸になった。良枝がむしゃぶりつく。勃つのに時間がかかったが、一回射精したら環境にも慣れたのか、二回目はたっぷりと時間をかけて堪能することができた。

「良枝さん、いつからゴミ、捨ててないんスか」服を着ながら栗野が言った。

「うるさいわねえ」たばこを一本もらい、火を点《つ》ける。

聞かれても、良枝には見当がつかなかった。この数年間のうち、どこか記憶が抜け落ちた部分があり、頭がうまく働かないのだ。

「でもこの臭い、良枝さんは平気なんスか。ぼくにはちょっと……」栗野が顔を歪めている。

「だからさっき消臭剤を撒《ま》いたでしょ」

「それにしても……」栗野がくんくんと鼻を動かす。「廊下の方が凄いッスよね」そのまま臭いの元をたどろうとする。「もしかして、二階ですか」

「ねえん、もう一回」

良枝は栗野の足をつかみ、布団の中へ引きずり込んだ。次はいつになるかわからない。若い男の肉体をたっぷり味わっておきたい。

「いや、もう。勃たないッスよ、おれ」

栗野が抵抗する。でも口にくわえてしばらくしたら、ちゃんと硬くなった。

上に乗って三回目を始める。

「あっあーん。いっいーん」声をあげたら自分で興奮した。

栗野は下で鼻をつまんでいる。そんなに臭いのか。もしかしたら嗅覚が少し鈍ってきているのだろうか。

まあいい。今はセックスに没頭したい。良枝は大声をあげ、若い男の上で腰を振り続けた。

3

菊地令子に七通目の手紙が届いた。

差出人のエスカレートぶりを示す内容だった。

《三日以内に犬を処分せよ。さもなくば家に火をつける。近隣住民一同》

もはやしゃれにならない文面である。これに《右代表、山本博子》と書いてもよいものか、良枝は判断に困った。

部屋で股ぐらを掻きつつ思案する。

書いて戻したらどうなるのか。いくらなんでも放置はできないだろう。隣人を問いただすに決まっている。ひょっとすると警察に届ける可能性もある。

いや、「可能性」ではなく間違いなくそうするだろう。菊地令子は、この手紙を読んで震えあがる。警察に駆け込むのだ。

そして数秒後、良枝はあることに思いつき、「あっ」と身を起こした。

山本博子の名を騙《かた》ろうが騙るまいが、この手紙は警察に届けられる。となれば、これまでの手紙も提出される。良枝の指紋がさんざん付着した手紙が……。

顔が熱くなり、心臓がどくどくと脈打った。この手紙は捨てた方がいい。どうせ脅しにすぎないのだ。

良枝は台所へ行くと、ガスコンロで手紙を燃やした。

何も起きなければいいがと、柄《がら》にもないことを思った。

しかし翌週、もっと過激な手紙が届いた。

《どうして犬を処分しない。無視したな。許せない。今夜火をつけるので覚悟せよ。近隣住民一同》

予告である。ますます菊地令子の目に触れさせられない。《無視したな》もなにも、前回の手紙を菊地令子は知らないのだ。迷うことなく手紙は焼き捨てた。

その夜はさすがに寝つけなかった。何度か起きては、窓から菊地家に変わりはないかを確認した。ただの脅しとわかってはいても、安閑とはしていられなかった。

まったく面倒なことになった。手紙など読まなければよかった。菊地家の郵便物を二年も盗み読みしていた人間の言う台詞《せりふ》ではないが。

それにつけても、いったい誰がこの手紙の送り主なのか。菊地家の裏手にはアパートもあるので、近隣住民といっても二十世帯以上だ。

手紙を捨てたせいで、話はいっそうややこしくなった。次の手紙は、《よく見張りも立てずに平然と寝ていたな。絶対に許せない。今夜は犬を殺す。近隣住民一同》だった。途中を抜かすと、ストーリーは成り立たなくなるのだ。

菊地令子は、厭《いや》がらせ手紙が止まってほっとしていることだろう。なんとも癪《しゃく》にさわる話である。

もっとも、いつかは菊地令子の目に留まる。良枝が全部回収するのは不可能だ。まあいいか。良枝は自分を慰めてみる。どうせ悪質ないたずらにすぎない。警察に届けられたとしても、実害がない時点で捜査などしないだろう。

買い物帰り、斜向《はす》かいの住人、山本博子とすれちがった。この女も、自分が置かれた立場がまったくわかっていない人物だ。

とくに親しくもないので黙って会釈だけした。

「あの佐藤さん」背中に声をかけられた。「おたくのお義母《かあ》さま、もうこちらにはお住まいになってないんですか」

山本博子は品のよいワンピースに真っ白のスニーカーを履いていた。口元には笑みをたたえている。

「わたし、今度、区のシルバーセンターの委員になったんです。佐藤さんのお義母さま、ここ半年ほどお見かけしてないんですが、住民票は世田谷区にあるので、シルバーセンターにも登録されたままで……」

「主人の弟の家に移ったんです」良枝はそう答えた。

「あら、そうなんですか。でしたら登録を抹消してもよろしいわけですね」

「そうしてください」つっけんどんに言い、踵《きびす》をかえした。

家に帰るなり、台所から消臭スプレーを取りだし、二階に向けて噴射した。

階段には石油ストーブやら古くなったテレビやらが積んである。二階に上がることはできない。雨戸が閉めてあり、光が入らないので、見上げると昼間でも闇になっている。

脳の一部にマヒした感覚があった。つねっても感じない手足の痺《しび》れに似ていた。

どうして自分がこんなことをしているのか、考えることはない。その先の思考を脳が拒否していた。

見なければ、それは自分にとって存在しない。

指摘する人間がいなければ、一生気づかないで済む。

良枝はマスクを用意し、薬剤がなくなるまで噴射し続けた。


ＡＶ撮影の日がやってきた。前日、電話で栗野からしつこいほど時間と場所の念を押された。用賀《ようが》の一軒家を借りきり、そこで撮影が行われるのだ。

シナリオによると、自分の不倫相手が娘を犯してしまう、自分は娘の彼氏を誘惑する、最後は四人でくんずほぐれつの乱行となる、そんなストーリーだった。

教えられた住所へバスを乗り継いで行く。機材を積んだワゴンが数台停まっていたのですぐにわかった。

スタッフらしき若い男を捕まえ、出演者だと告げる。応接間が女優の控室なのでそこへ行くように言われた。

靴を脱いで家に上がる。廊下を歩き、応接間に入る。

入り口で「おはようございます」と挨拶し、顔を上げると、ソファに娘の友子が一人座っていた。

互いに見つめ合う。うまく感想が浮かんでこなかった。

不思議な時間が流れていた。虚を突かれると、人間は満足な反応ができないものなのだろう。

娘はこういう顔をしていたのか。良枝はそんな場違いなことを思った。そういえば、娘の顔をちゃんと見たのはずいぶん久しぶりのことだ。

「おかあさん」友子から口を開いた。

「栗野君は？」良枝は、マネージャーの所在を聞いた。

「ちょっと用ができて来られない」

「ふうん」とりあえず自分もソファに腰を下ろす。

これで会話になったのか？　再び沈黙。コーヒーが運ばれてきて、二人でそれをすすった。

「あんた、デパートは？」と良枝。

「辞めた」

「いつ」

「最近」

今度は会話になっただろう。なぜか小さく安堵《あんど》している。

スタイリストだという女が顔をのぞかせた。

「すいません。今のうちに下着、脱いでおいてもらえますか。跡が残るとまずいので」

そう言ってバスローブを二着、テーブルに置いた。

二人で指示に従う。背中合わせに服を脱ぎ、バスローブを羽織った。

冷めたコーヒーを飲み干す。カップをソーサーに置く音が部屋に響く。

廊下をスタッフたちが忙しそうに行き来していた。

「どうする？」良枝が聞いた。

友子が首をかしげる。

「他人のふりする？」

しばらく間《ま》があって、友子が「うん」とうなずいた。

それがいちばん賢明な処置であるように思えた。

なんだってなかったことにできる。今の良枝はそんな心境だ。


「あっあーん。いっいーん。そこよ、もっともっと」

良枝は撮影に没頭した。それはつまりセックスに没頭するということで、いつにもまして強いエクスタシーを覚えた。

「良枝さん、いいッスよー」

監督も頬を紅潮させ、良枝の乱れっぷりを褒めていた。

友子は初めての撮影らしく、終始反応は控えめだった。もっともおとなしい性格なのでふだんからこうなのだろう。

言われた通りのことをして、それ以上のことはしない。

こういう控えめな態度が、男たちにはうけるのかもしれない。

クライマックスでは「4P」を演じた。どうなるかと多少は案じていたのだが、いざ始まってしまえば母も娘もなかった。

娘の股間に舌を這《は》わせたときは、何かを吹っきった気がした。怖いものがなくなったような——。

「ねっえーん。わたしも感じさせて。舐《な》めて、舐めて」

仰向けに寝転がる。大きく股を開いて。

娘の愛撫を受けながら、この子はとうぶん帰ってこないだろうな、と良枝は思った。

とくに不都合はない。

それにつけても、娘がAV女優だったとは。撮影現場で対面してしまうとは。

娘も同様の感想を抱いているのだろうが。

菊地令子への手紙は完全な脅迫状になっていた。

《散歩中に犬とおまえをひき殺す》

《娘を犯す》

《亭主も犯す》

文字は乱れ放題で、ときには便箋が破れていることもあった。

どうやら手紙はすべて良枝がピックアップできているらしい。菊地家は平穏なのだ。

犯人はさぞや苛立っていることだろう。脅迫状を送っても送っても、菊地家の人間は普通に暮らしているのだから。

ひき殺すと言っているのに、平気で朝の散歩をする。犯すと予告したのに、娘はいつも通り登校する。亭主もあわてている様子はない。

犯人にしてみればナメられているとしか思えない状況だ。

そんなとき、区役所の職員が良枝の家にやってきた。建物から異臭がするというのである。

「近隣の住民から苦情が寄せられてましてね」年配の男性職員はそう言うと、ハンカチで口と鼻を押さえた。「清掃事務所からトラックを一台、特別に回しますので、敷地内のゴミを一度処分していただけませんかねえ」

良枝は玄関で応対した。首を伸ばして中をのぞこうとする職員の前に立ちはだかった。

「これ、なんの臭いですか」男が顔を歪めている。「動物の死骸《しがい》とか、あるんですか」

「ありません」良枝はぴしゃりと言うと、男を外へ押しだした。「そんなもの、あるわけないじゃないですか」

「今度の月曜日、午前中に来ますから。それまでにゴミをまとめておいてもらえますか」

「あなた方には関係ないじゃないですか。ゴミを溜めたって、そんなの自由じゃないですか」

良枝の声がうわずった。感情が昂《たか》ぶってきた。

「自由じゃありませんよ。苦情が出ているのに」

「誰ですか。誰がそんなこと言ってるんですか。菊地さんですか。山本さんですか」良枝が迫ると、男は逃げるように敷地の外へ出た。

「誰ということでなく、みなさんがですよ。拒否なさると、条例による強制執行ということになりますから、よろしくお願いしますね」

紙切れを一枚、良枝の手に握らせ、男は去っていった。

「正しいゴミの分け方」というチラシだった。

可燃ゴミ、不燃ゴミ、粗大ゴミなどがイラスト入りで説明してあった。

「動物死体」というものもあった。一頭二十五キロ以下の死体は清掃事務所が有料で引き取ってくれるらしい。

あれは「動物死体」に含まれるのだろうか。干からびて、とっくに二十五キロ以下にはなっているはずだが。

家の中に戻り、廊下から階段を見上げた。

鼻から大きく息を吸ってみる。

嗅覚が馬鹿になっているのだろうか、ほとんど臭いを感じなかった。

二階には、義母の死体がある。

四年前、義母が痴呆老人になった。昼夜を問わず近所を徘徊するようになったので、友子と部屋を代わってもらい、二階に移して鍵を外からつけた。

オムツをはかせても、わざわざそれを脱いで畳の上にしてしまう。糞尿を片づける毎日が三年ほど続いた。

いいかげん疲れて掃除を三日ほどさぼったら、尿が天井から一階に漏れてきた。

良枝はビニールシートを敷いて、義母をそこに転がすことにした。

夫の春雄は何もしなかった。もともと頼りなく、人の言いなりになる男だった。

娘の友子は父親そっくりで、自分の意思がない子供だった。

良枝は話し相手もいなかった。

春雄と友子がそれぞれの用事で一週間家を留守にしたとき、思いきって自分も旅に出ることにした。義母の部屋に鍵をかけて――。友だちがいないので、北陸への一人旅だった。

五日ほどで家に帰った。おそるおそる階段を上がり、耳を澄ませると、義母の部屋からは物音ひとつしなかった。代わりに強烈な臭いが鼻をついた。

たまらないのでドアの隙間をガムテープで塞《ふさ》いだ。梯子《はしご》を使って屋根に上がり、外から雨戸を閉めた。

「おばあちゃんは？」と、帰ってきた春雄も友子も聞かなかった。

蓋《ふた》を開けたくなかったのだろう。

消臭剤を毎日撒いた。いつの間にか階段が物置代わりになったので、芳香剤や防虫剤を片っ端から二階に投げ込んだ。

それと時期を同じくして、階下も掃除をするのをやめた。

無意識にバランスを取りたかったのかもしれない。すべてが汚れれば、あの部屋の汚れが目立たなくなる気がする――。


良枝はあらためて階段の下に立ち、大きく深呼吸した。

区役所の強制執行があれば、義母の死体はばれてしまうだろう。

これは何の罪になるのか。やはり殺人罪なのだろうか。

自分は何の手も下してはいない。それでも人殺しなのだろうか。

牢屋に入るなんて、絶対にいやだ。手厚く介護したとしても、余命いくばくもない老女だったのだ。それを放っておいたぐらいで、どうして自分は罪を問われなくてはならないのか。

いいかげん憂鬱になり、足を引きずるようにして居間に移動した。布団に転がりオナニーをする。

良枝には、こうする以外、時間のやり過ごしようがなかった。

深夜になって春雄が帰ってきた。台所でごそごそと夜食をとり、布団にもぐり込んでいる。

良枝は台所へ行くと、冷蔵庫からミネラルウォーターを取りだし、喉《のど》を湿らせた。

夫に相談する気はなかった。役になど立ちっこない。

「ねえ、あんた」数カ月ぶりに声をかけた。「病院に通ってるみたいだけど、なんの病気？」

「……不眠症」春雄が目を開け、力なく言った。

「毎晩寝てるじゃない、ここで」

「起きてる。寝てるのは電車の中。山手線の車両の中がやけに落ち着いてさ」

「ふうん。だから帰りが遅いんだ」

「うん」

それで会話は終わった。

居間に戻り、なにげなく窓から外を見る。外灯の下、人影が動いていた。

そっと庭に出て、垣根の隙間から様子をうかがう。

若い男が、菊地令子の家の車庫に入り込んでいた。液体が撒かれる音がする。次の瞬間、車のタイヤあたりから小さな炎があがった。

放火だとすぐにわかった。あの手紙の主が行動を起こしたのだ。心臓が高鳴った。血がいっきに昇った。

そっと通りに出た。音をたてないようにうしろから近づく。

火はすぐに消え、男は二度目の着火を試みていた。

「ねえ、ちょっと」

男が飛びあがる。驚愕《きょうがく》の表情でその場に腰を抜かした。

「見たよ」

この男には見覚えがあった。菊地家の向こう側のアパートの住人だ。どこにでもいそうな二十代半ばの青年だ。

なんだ、こいつが犯人か。平凡な結末だな。心のどこかで拍子抜けしている。

「黙っててやるから、うちにも火をつけてよ」考えるより先に言葉が出ていた。「ほら、そこのゴミ屋敷。あんたらそう呼んでるんでしょ。燃えるよ、うちは。ゴミがいっぱいあるから」

そうだ、うちならすらくに全焼してくれることだろう。古い木造で、しかも内部は燃えるものばかりなのだ。火力があれば骨まで灰になってくれることだろう。火葬場と同じ理屈だ。良枝の心がはやった。

「な、なんですか、あなた」男が声を震わせた。

「早く決断しなさい。あんた、そこのアパートの人でしょう。このままだと、わたし、警察に言うからね。逮捕されるよ、親が泣くよ。うちに火をつけたら黙っててあげる。ほら、わたしも共犯になるわけだから、ばらすわけがないでしょう」

ここ数年でいちばん頭が速く回転していた。言葉が自然と湧きでてきた。

「うちの玄関で、そのガソリンを撒いて、火をつけてくれればいいの。それで逃げなさい。わたしは『五十歳ぐらいの人が逃げていくのを見ました』って証言してあげるから」

「そ、そんな」目を丸くしている。

「三つ数えるうちに決めなさい。でないと『火事だーっ』って大声出すからね。ひとーつ。ふたーつ」

「やります」男がキツツキのようにうなずく。

男を先導し、家に戻った。

「ほら、この玄関横。古雑誌の山だから、いっきに燃えるよ」

男はとり憑《つ》かれたようにオイルライター用のガソリンを撒くと、ライターで火をつけた。

「ボン」と弾《はじ》けるような音がして、背丈以上の炎があがる。火はたちまち家屋に燃え移った。

耐火性とは無縁の古い家なので、もう「パチパチ」と音までしている。

「あんた、逃げなさい」男の背中を押した。

男はひとことも発することなく、全力で走り去っていった。

おっと、中に亭主がいたか。良枝が口の中でつぶやく。

生きていてもしょうがないが、殺すことはない。給料は運んでくるのだ。

良枝は玄関から土足のまま中に上がり、台所に向かって歩を進めた。

何かに足を取られる、腐った大根だった。そのまま宙に浮き、腰をしたたか打ちつけた。

視界に銀粉が舞っている。痛みをこらえ、立ちあがろうとした。

襖に手をやるとそれが破れ、良枝は居間へ転がり込んだ。

その振動で棚の古いラジオが落ちてきて、良枝の頭に命中した。

めまいがする。急がなくては。

煙が部屋に充満してきた。良枝はその場で咳き込んだ。目が霞む。もう一メートル先も見えない。

「あんたーっ」大声を出した。「火事よーっ」悲鳴になっていた。
叫んだ拍子で大量の煙を吸い込み、その刹那《せつな》、喉から奥に感覚がなくなった。
もう体が動かない。えっ、死ぬの？
急に命が惜しくなった。まだセックスをし足りない。
「でも、まあ……」目を閉じた。「こういうものか」
良枝はぎりぎりの意識の中、やけに乾いたことを思った。

GIMMIE SHELTER

第4話

ラブラピポ

1

その日も二十六歳のカラオケボックス店員、青柳光一は、カーペットにぶちまけられたゲロの後始末をしていた。

夜のカラオケボックスにいきなり訪れる客はいない。たいていは二次会、三次会といった酒宴の流れの中でやってくる。それはすなわち酔いが回った状態での来店を意味していた。ましてや光一の勤務する「ミラーボール」は渋谷のセンター街にあった。酒の飲み方を知らない若者たちが、喉元《のどもと》までアルコールを詰め込み、なだれ込んでくるのだ。しかもそのうえでチューハイやら水割りやらを注文する。ゲロを吐くのは自明の理と言えた。一晩で二、三回、多いときは五、六回、カーペットがゲロにまみれる。カーペットならまだましで、ときにはソファが犠牲になることもあった。壁も、マイクも、ソングリストも。客が帰った部屋に入り、ゲロに出くわしたときは、追いかけて襟首《えりくび》をつかみ、「お客さん、忘れ物ですよ」と言いたくなる衝動に駆られる。

かつて血の気の多い店員が客に片づけさせ、即刻解雇されたことがある。キャバクラやファッションヘルスを手広く経営するオーナーに言わせると、「客の精液とゲロを触れて一人前」

なのだそうだ。

もっとも光一に、この世界で一人前になりたいという気はない。入店して三カ月目の、ただのフリーターだ。映画のシナリオライターを目指していた時期もあったが、最近ではその映画すら観ていない。

「ちゃんと跡が残らないように頼んますよ」部屋をのぞきに来た、店長の大田が言った。「この前は、ソファが濡れてるって苦情があったから」

「あ、はい」光一は小声で返事をした。

二つ年下の大田は、ゲロを発見するとどういうわけか光一に清掃を命じる。「女の子にやらせたら翌日辞められちゃってさあ」と、理由にもならない理由を言っていた。

ゴム手袋をはめ、雑巾でゲロを拭き取る。スルメやら、コーンやら、消化手前の食物が吐瀉《としゃ》物の中に混じっていた。それらがアルコール漬けとなり、いい臭《にお》いを醸し出している。光一はなるべく口で息をした。

ゲロを始末したあとは、泡タイプの洗剤を拭きつけ、ブラシでこする。仕上げはドライヤーを使っての乾燥だ。これを約十分で済ませる。

この部屋の客は男女の学生グループだった。会計を済ませると逃げるようにして階段を降りていった。罪の意識などこれっぽっちもないだろう。今頃、路上で笑い転げているにちがいない。

ソファとテーブルの位置を直し、最後に芳香剤を振りまいた。日付が変わろうかという時間なのに、ロビーには空室待ちの客がいる。ここで夜を明かそうという連中だ。ミラーボールの営業時間は午後二時から午前二時までということになっているが、たいていは始発が動き出すまでやっている。そうしないと従業員のタクシー代を出さなければならないからだ。勤務シフトは二交代制で、午後一時半から午後八時半までが早番、午後八時半から閉店までが遅番だ。それ以外にも短時間勤務のアルバイトが加わる。光一はフリーターということもあり、人手の足りない時間帯をそのつど割り当てられた。だから生活は不規則だ。この仕事に就いてからはずっと便秘がちだ。

「青柳さん。今のカップル、絶対におっ始《ぱじ》めると思いません？」

カウンターでアルバイトの小川が言った。頬を紅潮させた二十歳そこそこの男女が、受付を済ませたばかりだった。片時も離れたくないといった感じで、手をつないで部屋へと歩いていったのだ。

「ああ、やるだろうね」光一は関心のないふりをして答えた。小川より六つも年上なので、同じレベルではしゃぎたくはない。

ただし股間は熱くなっていた。女が、可愛いうえに巨乳だったのだ。

「ちきしょー。どうして各部屋に防犯用カメラがねえのかなあ」小川が舌打ちしている。

「あったら問題だろう。客が来なくなるよ」

各部屋のドアに窓はあるものの、スモークガラスなので、中をはっきりとうかがい知ることはできない。だから日に何組かは、中でセックスをする。

光一は、おしぼりと水を持って注文を聞きに行った。ドアを開けると早くも抱き合っている。充分酒が入っているらしく、男女は照れるでもなく、ビールとピザを注文した。ミニスカートから伸びた、女の白い太腿《ふともも》が目に焼きついた。

「もう抱き合ってたよ」カウンターに戻り、報告する。

「くっそー。おれもあんないい女とやりてえなー」小川が地団太を踏んだ。「青柳さん、彼女とかはいるんですか？」

「うん？　一応ね」光一は見栄を張った。二十六歳のフリーターに恋人などできるわけがない。

裏の厨房に行き、オーダーを告げる。コックは二人いるが素人で、から揚げもポテトフライも、すべて冷凍食品を二次調理するだけだ。

その間にも、各部屋から内線で注文が入った。光一には、カラオケボックスで物を食う奴の気が知れない。値段は原価の四倍で、しかも厨房は不衛生だ。

出来上がったピザは小川が届けに行った。戻るなり「もう目を潤ませてますよ。始まるのは時間の問題ッスよ」と興奮気味に言っていた。

深夜になると、客層はぐっと柄《がら》が悪くなった。センター街にたむろする少女たちが、ナンパされて入ってくるのだ。もちろん支払いはスケべな男たちだ。

この街にテポドンが落ちたとしても、光一はまるで同情する気がない。馬鹿が一掃され、世の中がよくなるのではと思うほどだ。

大田が現れた。「女子トイレにゲロ。大至急清掃」

小川がとってつけたように伝票の整理を始める。仕方なく光一が歩きだすと、「駆け足」という大田の声が飛んだ。

トイレのドアに清掃中の札をかけ、ゲロを片づける。何かの肉片が吐瀉物の中に混じっていた。液体は赤ワインだ。全体が紫がかっている。

再びカウンターで受付。先ほどのカップルが顔を上気させ、帰っていった。小川がすかさず部屋の清掃に向かう。しばらくして戻ると、「ありましたよ、コンドーム」とうれしいのか忌々しいのかわからない表情で言い、自分の股間をズボンの上からさすった。

廊下で客同士の喧嘩が始まる。監視用のモニターに映ったのだ。スタッフ数人で急いで駆けつけ、割って入る。目が合ったという、わかりやすい理由だった。

午前四時になると、大田が各部屋を回り、そろそろ閉店であることを告げた。客がぞろぞろと出てくる。全員、馬鹿面だ。まだ遊び足りないのか、ロビーでも大声でふざけ合っていた。

少女たちはそのままビルの前でしゃがみ込み、おしゃべりを始める。どう見ても十代半ばだ。パンツ丸出しで、たばこを吹かしている。自分が高校生のころは、盛り場で夜を明かすことも、大人の前でたばこを吸うことも考えられなかった。時代は変わったな、とまだ二十代なのに思う。

最後に清掃を済ませ、タイムカードを押す。こうして光一の一日の仕事が終わる。

私鉄の始発を待って世田谷のアパートに帰る。この時間の乗客は、朝帰りの若者か、光一のような水商売ばかりだ。

犬の鳴き声で目が覚めた。枕元の時計を手に取り、目をこすって見る。まだ午前十時だった。四時間寝ただけで、たたき起こされたのだ。

「あの馬鹿犬が」光一は口の中で毒づき、布団を被《かぶ》った。アパートのすぐ隣は、百坪はあろうかという大きな邸宅で、その庭でいつも大型犬が吠えていた。種類はゴールデンレトリバー。金持ちがこれ見よがしに飼う洋犬だ。

飼い主は菊地という四十代の主婦だった。その女が、躾《しつけ》もせず、ただ溺愛している。「マーちゃん」という甘ったるい声を何度聞かされたことか。雨の日はおそろいのレインコートを着せて散歩させている。

先日、我慢がならなくて匿名の手紙を二日続けて出した。《犬、朝も夜もワンワンうるさい。なんとかしろ。近隣住民一同》というものだ。それなのに吠える犬を叱ろうともしない。「馬鹿飼い主め」光一は顔をしかめ、布団を蹴飛ばした。

眠れそうもないので起きることにした。今日からはしばらく早番なので、二度寝をして起きられなくなっても困る。

台所に行って顔を洗う。窓を開けてのぞくと、菊地家の裏庭では、犬が塀の上の野良猫に向かって吠えていた。忍び込んで金属バットで殴りつけたい衝動に駆られる。

直接怒鳴り込んでやろうか。近所迷惑も考えろ、と。

いいや。かぶりを振る。文書を送りつけてしまった以上、あの手紙は自分でしたと名乗りでるようなものだ。

冷蔵庫を開け、一リットル・パックの牛乳を飲む。ふと日付を見ると今日が賞味期限だった。仕方なく残りの三分の二を一度に飲んだ。

敷きっぱなしの布団に転がり、新聞を広げた。光一は、一般紙を二紙とっていた。勧誘員にしつこく迫られ、断るのが面倒になって契約したのだ。おかげで朝から退屈することはない。

外ではまだ犬が吠えている。たばこに火を点《つ》ける。天井に向かって煙を吐いた。隣の部屋からテレビの音声が聞こえる。壁が薄いこともあるが、住人の老女が、耳が遠いのだ。

引っ越すかなあ。吐息をつく。でもそんな金はなかった。バイトで得る金が月に約十六万円。家賃が六万円。光熱費に電話代、各種ローンを支払うと、毎月ぎりぎりの生活だ。

二十六歳といえば、社会人としてそろそろ認められ、懐にも余裕が出てくる時期だ。大学時代の同級生は、みんな車を持っている。郷里の友人たちは、順繰りに結婚し始めている。

光一はもう三年もフリーター生活をしていた。卒業後に就職した大手スーパーが、あまりにも軍隊式で、半年ともたなかった。親にはやりたいことがあると言い訳し、映像の専門学校に入りなおした。ただし三カ月で行かなくなった。明るいノリについていけなかったのだ。

フリーターという身分に気後れして、昔の友人たちとはほとんど会わなくなった。ケータイを持ってはいるが、かかってくることはほとんどない。パソコンのメールも、受信するのは企業の宣伝メールばかりだ。

犬はまだ吠えていた。ふつふつと怒りが込みあげてきた。

「いい加減にしろよ」光一は声に出して言うと、体を起こし、テーブルを引き寄せた。レポート用紙にペンを走らせる。

《可愛いのは飼い主だけ。他人にとってはただの畜生。ただちに吠えるのをやめさせよ。近隣住民一同》

殺すぞ、と書こうとも思ったが、脅迫罪になるのも馬鹿らしいので自制した。

これで少しは圧迫を感じることだろう。肉筆の楷書体なので、中高年の仕業と思わせることもできる。早速投函することにした。午前中の投函なら、翌日には配達される。

アパートにいると犬がうるさいので、少し早いが出ることにした。渋谷でパチンコをして時間をつぶせばいい。雑踏の中にいる方が、却《かえ》って落ち着くのだ。

駅前で手紙をポストに入れた。三通目ともなると、少しの迷いもなかった。

2

ミラーボールは、昼間、ほとんど高校生に占拠されていた。

ドリンクサービスを実施しているので、喫茶店の感覚で入ってくるのだ。おまけに彼らは、飲食物持ち込み禁止にもかかわらず、菓子やファストフードで買ったハンバーガーを隠して持ち込んだ。だからオーダーはまったくといっていいほどない。厨房のスタッフは店長の目を盗んでパチンコに出かけている。

「すいませーん」茶髪で濃い化粧をした女子高生のグループがやってきた。「四人なんですけどォ」舌足らずな声を出す。超ミニ、派手なアクセサリー、真昼のキャバクラといった様相だ。トートバッグからスナック菓子が見えたが、光一は見ないふりをした。注意したところで、不貞腐《ふてくさ》れられるだけだからだ。中には「むかつくー」と面と向かって言う女もいる。

部屋に通すなり、ソファで足を組み、平気でたばこを吹かし始めた。

警察からは、未成年の客が来た場合は灰皿を片づけるよう指導されているが、馬鹿正直に守ればカーペットやソファが焦げるだけだ。

「青柳さん、さっきの淑真女子でしょう」小川が顔をにやつかせて言った。「あいつらケータイ使って援助交際やりますよ。そのうち一人ずつ抜けるんだから」

ミラーボールは違法の中継アンテナを立てていた。ケータイがつながらないと、客が来ないからだ。

小川の言葉通り、二十分もすると一人の女子高生がすたすたと出て行った。

「くっそー。これからセックスか。どこのおやじにやられてくるんだよ」小川が鼻に皺《しわ》を寄せている。

「なによ。君は女子高生なんかとやりたいわけ?」光一が皮肉めかして言った。

「あれ? 青柳さんはやりたくないんスか?」

「やだよ、あんなガキ」

「いや、今の女、オッパイでかかったッスよ。あれにこれから吸いつく男がいるかと思うと……」

小川の表情が真剣なので笑った。ついでに股間も持ち上がる。

そのとき、女子高生と五十がらみのハゲおやじという二人組が入ってきた。親子にも、お爺《じい》ちゃんと孫にも見えない。中途半端な歳の差なのだ。

女はいかにもなコギャル風で、男は緊張気味に顔をこわばらせている。

関係を聞くわけにもいかず、そのまま部屋へ通した。

「来たーっ」小川が声をひそめて言う。「手コキで一万ってやつですよ」

「うそ。マジで？」光一は目を剝《む》いた。手コキとは、手を使って男の性器をしごく行為のことだ。

「あの女、前にも来たから顔を憶えてます。ラブホテルに行くほどのことじゃないから、こういう場所で済ませちゃうんですよ。男にとっても安上がりだし」

光一は黙ってかぶりを振った。自分が堅い人間だとは思わないが、この街にいると売春が普通のことに思えてくる。

「青柳さん。おれたちも交代で抜いてもらいませんか？」小川が言った。

光一は耳を疑った。「冗談でしょ？」

「いいじゃないですか。店長は夕方にならないと来ないし、カウンターは一人いれば充分でしょう」

「どうやって？　君が交渉するわけ？」

「まあ、任せてくださいよ」

小川がカウンターを離れる。お盆に飲み物を載せると、悠然と歩いていった。

光一は呆《あき》れた。六つ歳がちがうだけで、ああまでさばけるものなのだろうか。自分なら絶対にできない。そんな勇気はない。

しばらくすると、ハゲおやじが一人でロビーに現れた。光一とは目を合わさず、そそくさと店を出て行く。そしてそれから十分後、今度は小川がしたり顔で戻ってきた。

「さ、さ。青柳さん、行っていいですよ。二千円で話がついてます」そうささやいて光一の背中を押す。

何を言っているのか、この男は——。光一は困惑した。そもそも自分は、女子高生相手の淫《いん》行《こう》など望んではいないのだ。

「ちょうど手コキの真っ最中だったんですよ。だから、この先見逃してやるからおれたちにもサービスしろよって。まあ半分は脅しですけどね。ただでもよかったんだけど、二千円でも払った方が安心でしょ。強要にならないし」

「あのおやじは途中で帰ったわけ?」

「ううん。ちゃんと発射して帰りましたよ。こっちも遠慮して一旦廊下に出ましたから」

「で、君は抜いてもらった、と」

「もちろん。気持ちよかったッスよ。女子高生の指。たまらんッスよ」小川が下卑《げび》た笑みを浮かべて言う。「それより、女が待ってますから。早く、早く」

カウンターから追い出されるような形で、光一は店の奥へと歩いた。乗り気はしなかった。ただ、拒んで場をしらけさせるのは悪い気がしたのだ。

とは言うものの、多少は気持ちがはやった。女に抜いてもらうなんて、実に久しぶりだ。

部屋に入ると、女は不貞腐れた態度でたばこを吹かしていた。目が合うなり「早くしてよ」とぞんざいに言う。

「卑怯だよ、あんたら。学校にチクるなんて脅して」

「いや、おれは……」光一が言葉に詰まる。しかし、制服姿で堂々と手コキをする方もどうかしている。

「いいから早くしてよ」

手招きされ、歩みでた。ズボンとパンツを下げられる。女はウェットティッシュで光一のイチモツを拭くと、慣れた手つきでしごきはじめた。

女には愛想のかけらもなかった。まるで汚い物でも触るように、顔を背けている。

気分出ないなあ。でも勃《た》った。白魚《しらうお》のような指が目に飛び込んだからだ。

あとは目を閉じた。ものの三分で光一は射精した。

どういう言葉をかけようかと思い、「サンキュー」と軽い口調で礼を言った。

女が仏頂面で手を差し出す。財布を取りだし、二千円を払った。女が帰り支度を始める。なんとなく気まずい雰囲気になり、光一はそそくさと部屋を出た。

「おいしかったッスね」カウンターで小川がにやりと笑う。その顔を見たら、光一は苦笑してしまった。

たまには悪徳にまみれるのもいい。どうせ相手も疚《やま》しいのだ。


早番の勤務を済ませて店を出ると、男に声をかけられた。

「あんた、ミラーボールの人？」ヒップホップ系のファッションに身を包んだ、人相の悪い二十歳ぐらいの男だった。金のネックレスがはだけたシャツの下で揺れている。

「そうだけど」光一は警戒しながら答えた。

「ちょっと顔、貸してよ」凄むように言い、顎《あご》をしゃくる。「昼間、あんた、女子高生に手コキさせたでしょ。一応おれがマネージャーをやってんだけどね」

光一は自分の迂闊《うかつ》さを呪った。女子高生が一人でできる商売ではない。客引きがいるのは当然だ。

路地裏についていく。憂鬱な気持ちがふくらんだ。金を要求されるのだろうか。殴られるのだろうか。

ところが古びたビルの軒下で向き合うと、男は口調を和らげ、「あんたらロハでいいから、あの店、今後も使わしてくんない？」と切りだしてきた。

「こっちも場所の確保には苦労してんのよ。ホテルにしけ込むほどのことじゃないし、マンション借りるのは金がかかるし。ね、頼むよ」

「いや、それは……」

光一は口ごもった。そんな権限はないし、だいいち面倒なことに巻き込まれたくない。淫行に加担すれば、立派な犯罪だ。

「じゃあ、月一万でどう？　それで見逃してよ。こっちも気兼ねせずやりたいわけ」

「まずいよ。だいいちこっちはただのバイトだし、勤務時間はばらばらだし」

「もう一人いるじゃん、手コキさせた奴。そいつと組んで取り計らってよ」

「だめだって。店長だっているし」

「店長はたいてい夜からじゃん。こっちはそれくらい知ってんだよ」

押し問答となった。男はなかなか引き下がらず、やがて口調が怒気を帯びてきた。

「あのなァ、おれも渋谷で街に立ってる以上、ケツ持ちがいないわけじゃねえんだよな」目も吊り上がった。「國政会がバックについてんだよ。言うこときかねえと、今日の件、ケジメ取らせてもらうことになるぞ」

暴力団らしき名前を出され、光一はたじろいだ。これまでの人生で、腕力沙汰の経験は一度もない。周囲からは、地味で目立たない人間と言われてきた。

「頼むぜ。部屋代は客のおやじたちが払うわけだし、そっちも損はしねえだろう」

最後はほとんど脅される形となり、光一は仕方なく首を縦に振った。ただし一万円の報酬は断った。共謀者にはなりたくない。

「たまには抜いてもらってもいいから。おれが女どもには話をつけておくからよ」男は不敵に笑うと光一の肩をたたいた。

まあいいか。見て見ぬふりをすればいいだけのことだ。光一はそう自分を納得させることにした。どうせフリーターだ。やばくなれば辞めればいい。

アパートに帰ると、隣室の老女がテレビを大音量でつけていた。ますます耳が遠くなったようだ。モーニング娘の歌が、薄い壁を通り抜けて響いてくる。

年寄りが見る番組か。光一は一人顔をしかめ、壁をにらみつけた。

文句を言いに行くべきか。このままでは音量がエスカレートする可能性がある。機を逸すると、余計に言いにくくなる。

いや、すでに遅いか。テレビの音がうるさいのは引っ越してきてからずっとなのだ。今になって注意するのは、いかにも間抜けだ。

三十分ほど迷っていると、やがて静かになった。床についたようだ。年寄りは夜が早いのでまだ救われる。これで宵っ張りなら睡眠不足になるところだ。

ドアがノックされる。こんな夜中に誰かと思って出ると、新聞の勧誘だった。ドアを開けるなり、足を中に入れ、扉を体で押さえられた。

「旦那さん。東亜新聞、三月でいいからとってよ」男が低く声を発する。百八十センチはあろうかという巨漢だった。しかもパンチパーマで、見るからに柄が悪そうだ。

「いや、でも。うち、もう二紙とってるんですよね」怖そうなので愛想よく返事した。

「じゃあ三紙とらなきゃ。読み比べるの、大事だよ」

「いや、その……」男の体格に気圧《けお》された。図々しく三和土《たたき》に上がり込んでいる。

「わかった。それなら東亜スポーツにしよう。旦那さん、プロ野球はどこのファンなのよ」

「一応、巨人ですけど……」

「ぴったりじゃん。東亜は巨人贔屓《びいき》だし」

男が伝票を取りだし、勝手に書き込みはじめた。「あの、あの」光一が口ごもる。その間に、男は用紙を切り離し、光一の胸元に突きつけた。「じゃあ判子」

「でも……」

「早くしてよ。こっちも急いでんだから」胸をそらし、にらみつけてきた。

光一は仕方なく判子を押した。

「明日から入れておくね。今月はあと一週間だからサービスしとくよ」

「それはどうも……」なぜか礼のようなことまで言ってしまう。

ドアが閉められ、男が去っていった。光一はため息をついた。これで新聞代だけで月に一万円だ。それ以外にも浄水器やフライパンセットのローンがある。すべて訪問販売で購入したものだ。

せめてインターホン付きのマンションに引っ越せれば、ドアを開けなくて済むのだが――。もっともそんな金はない。今の生活でかつかつなのだ。

肩を落とし、布団の上に転がった。分不相応な羽布団で、学生時代の知り合いから強引に売りつけられたものだった。

またしても犬の鳴き声で眠りから覚まされた。いつにもまして激しく吠えまくっている。菊地のクソババアが。朝から頭に血がのぼった。おまけに隣室の老女がテレビをつけていた。ワイドショーの音声が壁の向こうから聞こえてくるのだ。

一瞬、壁をたたいてやろうかと考える。でもやめておいた。隣同士で気まずくなるようなことはしたくないし、相手は年金暮らしの独居老人だ。

光一はリモコンでテレビをつけると、隣室と同じチャンネルにした。そして音声を消す。これでなんとなく苦痛が緩和された。

犬は休んでは吠え、休んでは吠えを繰り返している。

どうしても意識がそちらに向かってしまうので、三紙もある新聞を読んだ。活字を目で追っていれば、少しは忘れられる。

それにつけても菊地はどういう神経なのか。近所迷惑を考えたことはないのだろうか。だいたいこの地域は、環境に対する意識が低過ぎるのだ。菊地家の通りをはさんだ向こう側にはゴミ屋敷がある。中年の女が敷地内にゴミを溜めまくっていて、湿気の多い日などは臭いがこちらにまで届いてくる。どうして周囲は放置するのか。光一には理解できない。

犬の鳴き声に猫のそれが混じった。どうやら侵入してきた猫を追いまわしているようだ。

我慢がならなくなり、光一は布団から体を起こした。四通目の抗議文を書くことにした。

《うるさい。いいかげんにしろ。犬を飼いたければ無人島へ行け。馬鹿。死ね。近隣住民一同》

ちょっとストレート過ぎるだろうか。読み返し、考え込む。いいや、これでも手緩《てぬる》い方だ。気の荒い人間なら、とっくに怒鳴り込んでいる。こっちがおとなしい性格で、あの女は助かっているのだ。

出掛《でが》けに駅のポストに投函した。今度こそ効いてくれよ、と念じて投げ入れた。

3

あろうことか、援助交際目的の女子高生たちが大手を振って来店するようになった。たぶん客引きの男に「話はついている」とでも吹き込まれたのだろう。わずか二、三日で、昼間の営業時間のミラーボールは、すっかり制服姿の売春婦たちの溜まり場になってしまった。

「おはようございまーす」と、まるでホステスの出勤時のような挨拶を投げかける女もいた。遠慮のなさに、光一が呆然とする。事情を話した小川は愉快そうに笑うだけだった。

「いいじゃないッスか。こっちに責任はないし。仮に警察が出てきたところで、脅されて拒否できなかったって言えばいいわけだし」

この男は呑気であるうえに、公徳心を持っていないようだった。

「これって、はっきり言っておいしい状態でしょう。望んだって得られるもんじゃないッスよ」

そう言って「手コキの無料サービス」を受けようとするのだ。

「まずいんじゃないの？」光一は少し心配になった。店長にばれたら間違いなくクビになるし、給料の支払いだって危ない。

「またまたァ。青柳さん、真面目なんだから。こういうのは楽しまなくちゃ。一度きりの人生ですよ」

小川は、まるで風俗店で女の品定めをするように、おやじを伴って来店する女子高生たちを眺めていた。そして可愛い子が来ると色めきたち、部屋へと交渉に出向いた。

光一もなんとなく流され、小川に倣《なら》った。付き合いの悪い男だと思われたくなかったのだ。

「あの子なんかどうッスか？」小川に勧められるまま、部屋のドアをノックした。そして客へのサービスが終わったあとで、抜いてもらった。

とくに罪の意識はなかった。女たちがあまりにあっけらかんとしていたからだ。

「さっきのおやじさあ、歳食ってるから、なかなかイカないんだよね。やっぱ若い人の方がいいわ」手でしごいてもらいながら、そんな世間話までした。

この女たちにとって、男の性器は単なる物体なのだろう。余計なことと思いつつ、「どうして始めたの？」と聞いてみる。

「みんながやってるしー」語尾を伸ばして返事された。

ついでに取り分についても聞いた。

「半々。ポンちゃんが五千円で、わたしらも五千円」

ポンちゃんというのは客引きの男のことらしい。

「たかが十分くらいで五千円だから、時給にすれば相当いいよ」

何の疑問も抱いていない様子だ。十歳もちがわないはずなのに、なんだか別の人種に思えてきた。

常連らしき客も発生するようになった。最初に抜いてもらったときに来ていた、ハゲおやじだ。五十はとうに過ぎているであろうに、連日、女の子を替えては来店した。

慣れが生じたのか、ビールやつまみを注文するようになった。

「おい君。水割りはないのか」ソファにふんぞり返って言う。

「すいません、昼間はビールだけなんです」

「ふん。まあ、そうだろうな」

やけに威張っていた。

「あのオッサン、好き者だね」あとで女の子に聞くと、「作家だって言ってたよ。体験取材だって」という答えが返ってきた。

もちろん信じなかった。孤独な中年男が、若い娘の関心を引きたくて言っているのだろう。

「あの歳で毎日勃つわけ？」

「うん、勃つよ。ちょろっとしか出ないけど」

客といい、女子高生といい、彼らのさばけ方は尋常ではなかった。

その日、仕事を終えて店を出ると、先日の客引きに腕をつかまれた。

「あんた、調子に乗ってんじゃないの？」なにやら不穏な雰囲気があった。

なんのことかわからず、口ごもる。

「手コキはサービスしてもいいって言ったけど、口のサービスまでは言ってねえだろう」

「えっ」光一は絶句した。自分に心当たりなどない。

「とぼけんじゃねえ。ユミが怒りまくってんだよ。従業員に生徒手帳を見られて、それをネタに強要されたって」

「おれ、そんなことしてないって」あわててかぶりを振る。頬がひきつった。

「じゃあ、あんたの部下だろう」

「部下なんていないよ。こっちはバイトなんだから」言いながら、小川の顔が浮かんだ。あの男ならやりかねない。絶対に小川だ。

「とにかく、これはあんたの管理責任だからな」顔を寄せられ、凄まれた。

「管理責任って――」むちゃくちゃな話だ。単に見て見ぬふりをしているだけなのに。

「そこで相談だがな」男がひとつ咳払いした。「この際だから、いっそのこと本番オーケーの子も送り込もうかと思ってな。あんた、部屋のドアの窓、見えないようになんとかしてくれ」

「なんとかしてくれって……」光一は目を剝いた。それじゃあ立派な売春宿だ。

「なんでも方法はあんだろう。そんときだけ内側から黒い布を張るとか、画用紙だっていいよ」

「いや、でも……」言葉が見つからず、口をぱくぱくさせた。

「今さらできねえとは言わせねえぞ。そっちは口でやらせてんだ。立派な強制わいせつだろうが」

「だから、それはぼくじゃなくて……」

「いいじゃねえか。今度もサービスしてやるよ。さすがにロハとは言わねえが、一万でやらしてやるよ。こんなお得な話、どこにある。ああ？」

シャツをつかまれ、揺すられた。「ポン、どうかしたのかよ」後方から声がかかる。チーマー風の若者たちがにやにやしながら見ていた。この男の仲間らしい。

「ほら、うんと言わねえと、野生の動物たちに餌《えさ》としてくれちゃうぞ」男が凄む。

まったくそうだ。渋谷はほとんどサファリパークだ。光一は、この場を逃れたいばかりに首を縦に振った。

暗い気持ちが胸の中でふくらむ。この先はいったいどうなるのだろう。


アパートに帰るとテレビをつけ、隣室から聞こえる音声と同じチャンネルに合わせた。ニュースだったのでほっとした。ゆうべは見たくもない二時間ドラマに付き合わされたのだ。

コンビニで買ったトンカツ弁当を食べていたら、部屋のチャイムが鳴った。同時にドアが乱暴にたたかれた。どうせ何かの勧誘だと思い、出ないことにした。

「青柳さん、いるんでしょ」野太い声が響く。聞き覚えがあった。先日の、新聞の拡張員だ。ますます出るわけにはいかない。光一はテレビを消し、布団にくるまった。

「ほらあ、早く出てきてよ。いるのはわかってるんだから」拡張員が大声をあげ、どんどんとドアをたたく。「早く出ないと近所迷惑になるよ。青柳さーん、青柳さーん」新聞受けを指で押して、そこから中をのぞいてきた。

あわてて身を縮める。なんて強引な男だ。この前スポーツ紙をとったのに、何の用があるというのか。

「青柳さーん、青柳さーん」

さすがに耐えられなくなった。近所に何事かと思われる。

光一は出ることにした。目をこすり、さも寝ていたようなポーズを取る。ドアを開けた。

「ほら、やっぱりいた」拡張員は非難するように言った。「あのさ、やっぱ東亜新聞、とってもらうわ」先日同様、体を割り込ませてドアを押さえた。

耳を疑った。とってもらうわ、だと？

「でも、この前……」

「それは東亜スポーツ。今度は本紙。上からね、スポーツは成績にならないって言われてさあ」

「そんなこと言われても……」

「とにかく、とってもらうから。朝日とか読売とか、とってんでしょ？　うちだけとらないのは不公平じゃないの」

拡張員は伝票を取りだすと、またしても勝手に記入しはじめた。「じゃあ半年、と」ミシン目から切り離し、光一に突きつける。「はい判子」高圧的な態度で言われた。

いくらなんでもひどい。これは勧誘ではなく強要だ。でも言い返せない。思ったことが、言葉になって出てこないのだ。

「ほら、早くしてよ。こっちも忙しいんだから」

「はあ……」結局、判を押していた。

「いやあ、みんな青柳さんみたいな人だと助かるよ」拡張員が口の端で笑う。「とってくれない人間に出くわすと、『おまえら青柳さんを見習え』って言いたくなるもんな。あはは」

親しげに肩をたたかれた。光一がぎこちなく笑う。

「じゃあ、例によって今月の残りはサービスにしといてあげるから」拡張員はドアを閉めると、靴音を響かせて去っていった。

ため息をつく。やはり引っ越した方がいい。このままでは新聞全紙をとらされる羽目になる。

どうして自分はノーと言えないのか。中学生のとき、不良グループに恐喝され、お年玉をすべて巻き上げられたことがある。カモと思われたのか、翌年も来た。そうやって高校を卒業して上京するまで、年明けの恒例行事となった。

気弱な性格を直したくて自己開発セミナーに通ったこともある。しかしそこでも、受講料と称して五十万円を取られた。街を歩けばアンケートに引っかかり、レジャー会員権や映画の割引券を買わされた。電話を取れば英会話の教材のセールスで、誘導されるまま七十万円もするテープとレコーダーを契約させられた。

相手が踏み込むと、つい下がってしまう。そして自分の陣地を狭めてしまう。

光一は、なんだか引きこもりたくなった。


朝になると、またしても菊地家の犬が吠えまくっていた。いつにもましてうるさく聞こえた。あのババアは鋼《はがね》の神経の持ち主なのか。普通の人間なら、苦情の手紙が一通来ただけで、あわてるはずだ。気味が悪くなり、警戒するはずだ。

光一は躊躇《ちゅうちょ》することなくレポート用紙に向かった。これでもう六通目になっていた。

《うるせえんだよ、このバーカ。死ね死ね死ね死ね。近隣住民一同》

感情が溢《あふ》れでて、ほとんど殴り書きの文書となった。手が震えたのには自分でも驚いた。これまではいくら怒っていても、それが表面に出ることはなかった。

いっそのこと、直接郵便受けに投げ入れてやろうかと思う。明日届くまで待てない気分だ。でも思いとどまった。目撃されたら元も子もない。

窓を開けて菊地家の建物をにらむ。燃えてくれねえかな。そんな空想をした。

空気が湿っていたので、菊地家の向こうのゴミ屋敷から異臭が漂ってきた。

光一は気分が暗くなった。まったく、なんて町だ。

部屋にいると落ち着かないので、パチンコで時間をつぶすことにした。負けてばかりなので、とんだ散財だ。

店に行って小川に昨日のことを話すと、「うひょー」と奇声を発し、よだれを垂らさんばかりによろこんだ。

「やりますねえ、今日びの女子高生は。金のためなら国家機密だって売り飛ばすんじゃないですか」

「あのね、そもそも君がフェラチオなんかやらせるから、こういうことになったんだよ」

「だったらラッキーじゃないですか。瓢箪《ひょうたん》から駒ってやつですね」

鼻の穴を広げ、興奮気味にしゃべっている。

「いいわけ？ そんな呑気なこと言ってて。店長に知れたら、間違いなくクビだよ」

「またまたァ。青柳さん、慎重なんだから。店長なんか、昼間はほとんど顔を出さないし。仮にばれても、バイト先なんかいくらでもありますよ」小川は悠長に構えていた。「おれ、いつも来るゴマキ似の女に頼もうかなあ。あ、だめ。考えただけで勃ってきた」股間を押さえ、貧乏ゆすりしている。

光一はそっと吐息をついた。自分も小川のような能天気な人間になりたいものだ。

客引きに要求された窓を隠す件は、小川が東急ハンズへ布を買いに走った。窓の大きさに裁断し、援助交際目当ての客が来るたびに、ガムテープで貼り付けることにした。

小川は本当に実行に移した。午後三時過ぎ、目星の女が客を連れて来店すると、「あとでおれも頼むわ」と軽い調子で話しかけたのだ。

「えー。あんた、お金持ってんの？」女は動じる様子もなく、金の心配だけをした。小川が

「あたぼうよ」とおどけて答えると、その場で商談が成立した。

女たちの無軌道ぶりはとっくに知っているはずなのに、いざ目の前で実演されると、唖然とせざるを得なかった。

世間は広い。おそらく世の中は、罪の意識を持つだけ損をするようにできているのだろう。

「青柳さんも当然やっちゃいますよね」小川に焚きつけられ、光一は「ああ」と返事していた。断ると、勇気のない男だと思われそうな気がする。


実際やるとなったら、多少なりとも好みの女を選びたくなった。同じ一万円、ブスより美人に払いたい。

ただ、落ち着いて観察すると、可愛い子はさすがに少なかった。もしかしたら可愛いのかもしれないが、どぎついメイクが全員を異星人に見せている。

「あのね、青柳さん。顔を見ちゃだめ。体を見て、制服の下を想像するの」

小川のアドバイスに従った。すると性欲が高まり、股間が熱くなってきた。

しばらくして、グラマラスな女がやってきた。常連の、自称作家のハゲおやじを引き連れての来店だった。思い切って交渉することにした。「あのう、終わったらおれも……」光一が遠慮がちに聞いてみる。「いいよー」あっさり承諾された。

やや勇気が湧いた。人生、何事も挑戦だ。

部屋に案内し、窓を布で覆った。「なんだか本格的になってきたな」ハゲおやじがそれを見ながら言った。

「警察は大丈夫だろうな。こっちは一応、名のある人間だからな」

実にえらそうだった。きっと誰にも相手にされないジジイなのだろう。

ハゲおやじは三十分で出て行った。入れ替わりに光一が部屋に入る。女がソファでたばこを吹かしていた。

「ねえ、君、いくつ？」なんとはなしに聞いてみる。「じゅうろくー」オウムのような返答だった。

「おにいさん、自分で勃たせてよね」女はそう言い、パンツを脱いで横になった。

仕方なく、自分の手でしごく。大きくなったところでコンドームを被《かぶ》せた。

女は制服姿のままだった。「脱がないの？」

「セーラー服は二千円、スカートは三千円、ブラジャーは五千円」

脱がせるのには追加料金がいるらしい。訊《たず》ねると、さっきのハゲおやじは三万五千円使ったらしい。

いいか、着たままで。女の股の間に体を入れ、性器を挿入した。

腰を動かす。女は無反応だ。

揺れる胸を見ていたら、我慢できなくなってわしづかみにした。

「どうせなら、直接触ってよ」こんなときだけ色っぽい声を出す。

光一はセーラー服とブラジャーをたくし上げると、乳房を直《じか》に愛撫した。

「あーん、あーん」女がよがる。演技とわかっていても、興奮した。たまらなくなり、覆いかぶさって乳首に吸いつく。光一はものの三分で射精した。

終わるやいなや、女は光一を押しのけ、バッグから電卓を取りだした。

「一応、上半身は脱いだことになるからね」計算を始めた。「揉《も》みが五千円、舐《な》めが五千円……全部で二万七千円。さ、払って」

光一は耳を疑った。一万円でいいと聞いていた。そんなお金などない。

「あのね、一万っていうのは基本料金。それだって通常の半額なんだよ」

むちゃくちゃな話である。最低のサービスなのに、値段はソープ並みだ。

「ソープに女子高生はいないでしょう。ここだけのチャンスなんだから」

女は居丈高だった。自分たちに価値があると思い込んでいる。もちろんそうなったのは、スケベな男たちのせいだ。

「ちょっとまけてくれないかなあ。二万七千円なんて高過ぎるよ」眉を八の字にして懇願した。

「だめー」

「持ってないんだよ」財布を開いて見せた。

「じゃあ、近くの銀行へ行って下ろしてきなよ。ついてってあげるから」

どうにも納得がいかないので黙っていると、「ポンちゃん、呼ぶよ」と脅された。

渋々腰を上げる。約四日分の稼ぎがパーだ。

銀行へ行って金を下ろし三万円を手渡すと、女は釣りをよこそうとしなかった。

「細かいのないんだ。チップにしといてよ」しれっと言う。

「ふざけるな」さすがに腹が立ち、腕をつかんだ。

「痛っ。暴力はやめてよ」急にか細い声になり、歩道でしくしくと泣きだした。通行人が足を止め、何事かと眺めている。

この女、悪魔か。光一は顔が赤くなり、逃げるようにその場を離れた。

光一は嫌気がさした。世の中にも、自分にも。

ずっと憂鬱だ。心から笑ったのは、いったいいつ以来だろう。


朝、犬の鳴き声が、エコーがかかって聞こえるようになった。「わん」と吠えたあと、「わわわわわん」と頭の中で、ピンボールマシンのように跳ねるのだ。

だからいっそううるさく感じた。犬が二匹も三匹もいる感じだ。

布団を蹴り上げ、テーブルを引き寄せた。三日前、強い内容の手紙を書いた。《三日以内に犬を処分せよ。さもなくば家に火をつける》というものだった。それでも菊地は無視したのだ。いったいどういうつもりなのか。恐怖を感じたりはしないのだろうか。怒りに手が震え、文面はさらに過激になった。

《どうして犬を処分しない。無視したな。許せない。今夜火をつけるので覚悟せよ。近隣住民一同》

これで鳴き声がやまないようなら、本当に火をつけようと思った。自分にはその権利がある気すらしてきた。

　まだ犬が吠えまくっている。

「あーっ」と苛立《いらだ》ちの声をあげた。体の奥底から怒りが込みあげ、光一はテーブルを手でひっくり返した。

　テーブルが壁にぶつかる。派手な音がした。感情が収まらないので、枕をつかんで床にたたきつけた。

　チャイムが鳴った。朝っぱらから誰だろうと思って出ると、隣の老女だった。

「おにいさん、何してるの。凄くうるさいんだけど」目を吊り上げて言った。

　隣人と面と向かうのは初めてだった。可愛げのない、強欲そうな顔をしていた。

「あ、どうもすいません」光一が頭を下げる。ほとんど条件反射でそうしていた。

「アパートはみんなが暮らしてるところだから、迷惑をかけちゃだめよ」

　老女が説教をする。光一がうなずくと、プイと横を向き、帰って行った。

　ドアを閉め、部屋に戻る。うまく反応ができなかった。ただ、これから何度も思い出して頭に血をのぼらせるのだろうな、とやけに乾いた気持ちで思った。

4

　ミラーボールはほとんど娼婦の館と化してしまった。おそらく噂が流れたのだろう。店の入ったビル前では、ひと目で援助交際目的と思える男たちが徘徊し、客引きに声をかけられるのを待っていた。

　ポンと呼ばれる男は大忙しで、午後はずっと街角に立っている。よほど儲かっているのか、服装もブランド物のスーツに変わった。

　小川一人に任せるのは不安なので、光一は昼間の勤務に固定してもらった。店長の大田に「夜は警備員のバイトを始めた」と嘘をついたのだ。

「青柳さん、ゲロの後始末がいやで言ってんじゃないの？」そんな厭味を言われた。

「ところで、昼間のカラオケの利用料がやけに減ってんだけど。客は回転してるみたいなのに、どうして？」

　大田に疑問を投げかけられ、光一は「昼間は女子高生ばかりだから、おしゃべりが多いんですよ」と苦しい言い訳をした。

　放ってもおけないので客引きに相談した。

「店長が怪しんでるので、女の子と客で、二曲ずつ唄ってもらえませんか」

「しょうがねえなあ。その代わりドリンクのお代わり、サービスしろよな」

　恩を着せるようなことを言われた。

　女たちは遠慮なしだった。我が物顔で店内を闊歩《かっぽ》し、仲間同士で騒いでいる。ほかの高校の女が客の相手をしているのを集団でのぞき、喧嘩になったこともあった。

　止めに入ったら双方から爪で引っ掻かれた。おれは何をしているのかと、光一は情けなくなった。

小川は毎日、本番サービスを受けている。「よく金が続くね」と聞いたら、「青柳さんには教えますけど、レジから金を抜いてるんですよ」と声をひそめて言った。

「なんてことをするんだよ」光一が顔を歪《ゆが》める。それは立派な横領罪だ。

「大丈夫。そのぶん、オッサンたちにふっかけてますから。連中、疚しいもんだから、おとなしく払うんですよ」

小川は良心のかけらもない人間のようだった。「青柳さんにもあげます」口止め料のつもりか三万円、渡された。一度は断ったが、強引に押しつけられた。

その金で二度目の本番をした。バックからやったら割り増し料金を取られた。

もはやこの界隈にまともな人間は一人もいないように思えた。


その日は、自称作家のハゲおやじが二人の女子高生に挟まれ、来店した。すっかり図太くなったようで、受付のとき、「どうだ。まだ若い者には負けんぞ」と自慢そうに笑っていた。

部屋に案内し、窓に黒い布を張る。「なあ君。西郷寺敬次郎という名前は知らんか」ハゲおやじに聞かれた。

「いいえ……」光一が答える。そんな名前、聞いたこともなかった。

「なんだ、最近の若い者は活字も読まんのか」ハゲおやじは不服そうだった。

作家というのは本当なのだろうか。だとしたら、ろくな作家ではない。「先生、フルーツ食べたーい」女たちにねだられ、上機嫌で注文した。

それにしてもこの歳で「三輪車」とは。並みの絶倫ではない。

廊下で客とすれちがった。男二人に女一人で、ごく普通の中年だった。身なりも地味だ。郊外なら珍しくもない客層が、この店では浮いて見えた。３Ｐでもやるのかと、ついそんな想像をしてしまう。

飲み物の注文があったので部屋に運ぶと、歌を唄っていた。ここがカラオケボックスだったことを久しぶりに思いだす。わけもなくほっとした。

また新たに客が来た。今度はチーマー風の男たちと女子高生の団体だ。女の中に常連がいたので、こっちは乱交パーティーだと予想がついた。堂々とウイスキーを持ち込もうとする。

「よお。氷とミネラルウォーター、頼むわ」サル顔の男が言った。

「いや、昼間はちょっと……」光一が懇願する口調で頭を下げる。

「ああ？　けちけちすんなよ。おめえだろう。クミをバックから犯したってのは。女子高生をバックから犯すような男が説教たれんのかよ」

全員が声をあげて笑った。女たちは身をよじって笑い転げている。

「いや、その、説教なんて……」

「ついでにおつまみもたのむわ。デパ地下の上等なやつ。コンビニで魚肉ソーセージとか買ってくんなよな」

男から二千円、渡された。肩をぽんとたたかれる。黙っていると、「おい、帰りに待ち伏せかますぞ」と凄まれた。光一は仕方なく、東急百貨店へ買いに走った。

乾き物や惣菜を部屋に届けると、たばことはちがう鋭利な臭いが充満していた。マリファナだと想像がついた。

すでに目をとろんとさせ、半裸になっている女もいた。もう驚かなかった。人間はどのような環境にも慣れる生き物なのだろう。

「二万で混ぜてやるぞ」と言われ、即座にかぶりを振る。

「ばーか。冗談だよ。誰がおめえみたいなオッサンを誘うか」
七、八歳は年下の男に言われた。屈辱は感じなかった。これも、慣れたのだ。
しばらくカウンターで仕事をしていると、ハゲおやじと一緒に来店した女が、小走りにやってきた。

「ねえ、おにいさん。助けてよ。あのおやじ、アナルでやらせろってしつこいのよ」

光一はため息をついた。堤防は蟻《あり》の穴から崩れるとはよく言ったものだ。この店は、完全に無法地帯だ。

「そういうのは、君らのマネージャーに頼みなよ」

「ケータイにかけても、ポンちゃん、つかまらないんだよ」

「でも、こっちに言われても……」

「女の子が困ってんだよ。助けてくれたっていいじゃない」

こんなときだけ女の子か。全身に脱力感を覚える。

「ナオミがやられそうなんだ。早く早く」

揉め事を起こされても困るので、仲裁に入ることにした。相手は大人だ。暴れたりはしないだろう。

部屋に行くと、ハゲおやじは全裸で、女を組み敷いていた。

「ちょっと、何してるんですか」光一は思わず声をあげた。

「ナオミ、大丈夫？」

「大丈夫じゃねえよ。このおやじ、先っぽだけ入れやがったよ」もう一人の女が真っ赤な顔で怒っている。

「お客さん、やめましょうよ」光一が言った。「あなた、大人でしょう」

「馬鹿もん、もう金は払ってあるんだ。商談成立後に、こいつらはゴネやがったんだ」

「だって、気が変わったんだもん」

「じゃあ、金を返せ」

「けちけちすんなよ。あんた作家だろう？　知ってんだよ。渋谷じゃ有名なんだよ」

ソファの上で言い合いをしている。

なんてどっちもどっちなんだ。光一は頭が痛くなってきた。

「あれえ、ガチャコじゃん」男が顔をのぞかせた。「何を揉めてんだよ」光一に買い物をさせたサル顔だった。

「あ、ショージ。いいところで会った。助けてよ」女が事情を説明する。もちろん自分たちの都合のいいように。

「よおし、ボコっちまおうぜ。渋谷で勝手な真似されて、黙ってられっかよ」

勝手な真似をしてるのはおまえらだろう。光一は心底いやになった。とにかく二人を引き離す。

その間にサル顔の仲間が集まってきた。「ナオミが掘られた？」「慰謝料だ、慰謝料」「やっぱ百万はいるんじゃねえのか」好き勝手に騒いでいる。

「あのう、部屋に戻ってもらえませんか」光一が言った。

「うるせえんだよ。てめえは引っ込んでろ」サル顔に押しのけられる。

「あんた、関係ねえんだよ」女にまで言われた。自分から助けを求めておいて。

ハゲおやじは顔をこわばらせ、光一のうしろに回った。「お、おい。暴力はいかんぞ」声が震えていた。

「おい、店員。どけよ」とサル顔。

「あの、その、暴力はやめましょうよ」

「うるせえんだよ」

パンチが飛んだ。光一の顔面にヒットし、目から火花が出た。

どうして自分ばかりがこんな目に。おれが何をしたというのか。

そのとき廊下に靴音が響いた。それも大人数が向かってくる靴音だ。

「はい、はい。小僧ども、その場を動くんじゃないぞ」よく通る声がフロア全体に響く。「渋谷署の生活安全課だ。警察だ。わかるな」

　各部屋が開けられている。光一たちのいる部屋にも入ってきた。一人に警察手帳を見せられた。

「動くなよ。口も利くな。話は全部、署で聞いてやるからな」

　言われなくても、全員動けなかった。いきなりのことに反応できなかったのだ。

　刑事たちがゴミ箱やソファの下を点検している。その中に、一時間ほど前に案内した中年の三人組がいた。

　ああ、そうか。彼らは刑事だったのか。この店は、すでに内偵が入っていたのだ。

　当たり前か。これだけ派手にやっていれば、噂にならない方がおかしい。

「おい、あんた。パンツぐらい穿《は》けよ」刑事に言われ、ハゲおやじがパンツを穿いた。

「刑事さん、トイレへ行っていい？」ハゲおやじが蒼白の面持ちで言った。

「だめだ。そこでじっとしてろ」

「漏れそうなんだよ。それも大便」手で尻を押さえ、顔を歪めている。

「しょうがねえなあ。おい、誰かついていけ」

　ハゲおやじが部屋を出て行った。その背中を見ながら、光一は、自分の父親と同じくらいの歳なんだな、とやけに場違いなことを思った。

　しばらくして、「おい、窓から逃げたぞー」という刑事の叫び声が聞こえた。

　二階から飛び降りたのか。あの歳で大丈夫なのだろうか。

光一は、どうでもいい心配をした。

警察では当初、被害者として扱われた。サル顔に殴られ、鼻血を出していたからだ。ただし長くは続かなかった。店側が知っていて部屋を提供していたことが、ばれたのだ。光一は、「脅されて見て見ぬふりをした」と訴えた。小川も同じ主張をしたらしい。それで拘束は免れたが、翌日も出頭することを命じられた。

夜、アパートに帰ってから震えがきた。客引きや女たちを取り調べれば、自分のやったことが知られてしまう。割引料金で、二度に亘《わた》って女子高生と性交をした。窓を布で覆い隠した。どう考えても、自分は売春グループの一員だと思われる。

目の前が真っ暗になった。逮捕されたら、実家に連絡が行く。それは最悪の事態だ。前科がついたら就職もむずかしいだろう。このままフリーターとして生きていくしかないのだ。結婚もできず、友だちすらできず。

チャイムが鳴った。ドアがどんどんとたたかれる。「青柳さーん」いつもの拡張員の声が響いた。

またか。今度は何をとれというのか。

光一は応対に出た。ドアをたたき続けられることの方がいやなのだ。

「あのさ、今度おれ、バイトでジェットバスのセールス始めたの。まずは青柳さんに買ってもらおうと思ってさ」

拡張員が言った。例によって三和土に上がり込まれた。

「いや、でも、アパートだから」

「平気、平気。取り付け式のやつだから。いいよォ、疲れ取れるよォ。二十五万円のところを特別価格で十八万円」

「そんなお金、ないですよ」

「ローンがあるじゃない。月五千円で三年払い。金利がつくからもうちょっとかかるけど。はい、これ契約書」

「あのう、ちょっと無理って言うか……」

「ああ？」拡張員が脅迫的な目でにらみつけた。「おれは引き下がらないよ。こっちは高校中退だからね。傷害の前科もあるし。こうやって生きていくしかないわけよ。あんた、大学出てんだろう。だったらこれくらい買ってくれたっていいじゃん。でねえと世の中不公平だろう」

いったいどういう理屈なのか。ただ、目の前の男が羨《うらや》ましくもあった。自分にこの強引さが半分でもあれば……。

光一は契約書に判を押した。抵抗する気力がなかったのだ。

「じゃあ、来週には届くから」

拡張員はドアを閉めると靴音を響かせ、去っていった。

和室に戻り、布団にくるまった。要するに、世の中は自分より弱い人間をカモにすることで成り立っているのだ。そして自分は、食物連鎖の最下層にいる。

逃げるか――。ぼんやりと思った。明日になればすべてがばれる。実家にも連絡が行く。まだ若いし、どこか住み込みで働けるだろう。

それとも死ぬか――。この先、自分の人生にいいことがあるとは思えない。ここ数年、楽しかった記憶はひとつもない。

光一は立ち上がると、押し入れから荷作り用のビニールロープを取りだした。天井を見上げ、引っ掛けるところを探す。エアコンのパイプぐらいしかなかった。

高さは足りないが、なんとかなるだろう。ドアの取っ手でも首吊りはできるのだ。

ロープをくくりつけ、輪を作った。首を通してみる。生唾を飲み込んだ。

外で犬が吠えはじめた。また野良猫を威嚇《いかく》しているようだ。

結局、脅迫状は効果がなかった。連日送りつけていた。最後の方は、《殺す》とまで書いたのに。

光一は棚の引き出しから、ジッポーのライターとオイルライター用のガソリンを取りだした。死ぬ前に、菊地家に火をつけることにした。それくらいしてもいい気になった。どうせ、死ぬんだし。


深夜になるのを待って、アパートを出た。足音を忍ばせ、通りを歩く。住宅街は閑散と静まり返っていた。人通りもない。

菊地家の前まで行き、あらためて建物を見上げた。これは燃えねえなあ。光一はひとりごちた。コンクリート造りで、火がつくとは思えなかったのだ。

仕方がないので、車庫に停めてあるボルボに放火することにした。

かなりスケールダウンだが、人が死ぬ心配がないので気は楽だ。経済的損失は与えるわけだし、やられっぱなしというわけではない。

車庫に入り、タイヤにオイルをかけた。ライターで火をつける。

ボンという音がして、炎があがった。

思わず腰を引く。でもすぐに消えた。タイヤとフェンダーが焦げただけだ。

もう一回やるか。そう思って身をかがめたときだった。

「ねえ、ちょっと」うしろで女の声がした。「見たよ」

光一は飛びあがった。振り返ると、髪の乱れた中年女がいた。頭の中が真っ白になった。

「黙っててやるから、うちにも火をつけてよ」

この女はなんだ？　何を言ってるのか？　驚きで言葉が出てこない。

「ほら、そこのゴミ屋敷。あんたらそう呼んでるんでしょ。燃えるよ、うちは。ゴミがいっぱいあるから」

「な、なんですか、あなた」光一はやっとのことで声を振り絞った。膝ががくがく震えていた。

「早く決断しなさい。あんた、そこのアパートの人でしょう。このままだと、わたし、警察に言うからね。逮捕されるよ、親が泣くよ。うちに火をつけたら黙っててあげる。ほら、わたしも共犯になるわけだから、ばらすわけがないでしょう」

光一はわけがわからなかった。この女は、自分の家に火をつけろと言っている。

これは現実か？　なおも女がまくしたてる。うまく耳に入ってこなかった。

「三つ数えるうちに決めなさい。でないと『火事だーっ』って大声出すからね。ひとーつ。ふたーつ」

うそだろう？　声なんか出されたら——。

「やります」口が勝手にそう答えていた。

女に腕を取られ、引っ張られた。真向かいのゴミ屋敷の前に行く。

「ほら、この玄関横。古雑誌の山だから、いっきに燃えるよ」

言われるままオイルをかけ、火をつけた。さっきよりも大きな音がして、背丈以上の炎があがった。

これは現実か？　自分がやっているような気がしなかった。

「あんた、逃げなさい」女に背中を押され、光一は駆けだした。全力で走っていた。本能がそうさせたのだ。


アパートに帰り、冷蔵庫の牛乳を飲んだ。全身に痺《しび》れたような感覚があり、味もしなかった。

サイレンが聞こえた。だんだん大きくなってくる。

窓を開けた。真っ赤な炎が目に飛び込んだ。菊地家の向こうのゴミ屋敷が、派手に炎上していた。あれは、自分がつけた火だ。

いきなり体中の関節が揺れはじめた。顎がカスタネットのように鳴った。窓を閉め、這うようにして、エアコンのパイプに吊るしたロープに手をやった。

これは絶対にばれる。警察の聞き込みにとぼけられるほど、自分は太くない。

輪にしたロープに首を入れた。躊躇することなく、足の力を抜いた。

これで死ねる。楽になれる——。

それなのに首は絞まらなかった。光一は畳に転げ落ちた。ロープが切れたのではなく、古くなったエアコンが壁から外れ、落ちてきたのだ。

光一はそれを真下から見た。

次の瞬間、プチンと意識が切れた。

ララピポ

I SHALL BE RELEASED

第5話

1

その日も五十二歳の官能作家、西郷寺敬次郎は、書斎の革張りの椅子に深くもたれ、ポータブルのテープレコーダーを手にして作品の口述をしていた。

――そのとき今日子の秘密の壺が熱く反応した。「あ、だめ。許して」消え入りそうな声で懇願する。達彦は指先の行為をやめなかった。「どうしてだい？　こんなに感じているのに」耳元で言う。今日子が答えた。「だって……。ああ、いや」小さな悲鳴とともに、一瞬にして愛液がほとばしった。シーツが色濃く変色していく――。

レコーダーのポーズスイッチを押し、ひと呼吸入れる。口述筆記は慣れたものだった。手書きから替えて十年以上になる。注文がさばききれなくなり、編集者から勧められたのだ。そのぶん原稿料は割り引かれるが、書く手間に比べれば経済効率は高い。コーヒーで喉《のど》を湿らせ、再び口述に戻った。

――達郎は抱きかかえていた今日子をいったん離すと、ゆっくりと体勢を入れ替え、股間に顔を埋《うず》めた。「あ、堪忍《かんにん》」今日子が途切れ途切れに声を発する。上京して十年が経《た》とうというのに、こんなときは京都弁が出るようだ。達郎はかまわず隆起したクリトリスに舌を這《は》わせた。

「ああ……」今日子の手が伸び、思わず達郎の髪をつかむ――。

「ねえ、おとうさん。わたし、デパートに行ってくるからね」

書斎のドアが開き、妻の安江のぞんざいな声が飛び込んだ。あわててポーズスイッチを押す。

「おい、いきなり開けるな。何度言ったらわかるんだ」

敬次郎は目を吊り上げ、叱責した。妻の声が入ってしまったので巻き戻さなくてはならない。

「ノックしたじゃない」

「仕事中は聞こえないんだよ。それに買い物ぐらい黙って行け」

「何言ってるのよ。この前は勝手に出かけるなって怒ったくせに」

口をとがらせ、安江が乱暴にドアを閉める。廊下をドスドスと響かせて去っていった。

まったく気の利かない女房め。一人顔をしかめる。二人の子供が独立したので、夫婦だけの生活が去年から始まった。同い年の安江はすっかり太り、全体がたるんでしまっていた。色気などどこを探してもない。

おまけに亭主を蔑《ないがし》ろにするようになった。食事は出来合いの惣菜で、風呂はさっさと自分から先に入る。最近では、外に仕事部屋を借りてそこで仕事をしろと言いだす始末だ。

気持ちを切り替えるため、大きく深呼吸した。再度レコーダーを口に近づける。

――時間をかけて愛撫を重ねると、達郎はいよいよ秘部に腰を沈めた。まずは体を密着させ、ゆっくりと腰を動かす。「あ、ああ……」今日子が切なげな呻《うめ》き声をあげる。達郎は首筋に舌を這わせ、今日子の性感帯である耳たぶを軽くかんだ。「ああ、いやん、いやん」今日子が激しく反応し、体をのけぞらせる。「うん？　じゃあ、やめてもいいのかい」達郎がささやく。

「いやん、意地悪」今日子が頬を紅潮させてかぶりを振った——。

敬次郎はレコーダーを止めると、熱くなった自分の股間を撫でた。しばし考え、ズボンのファスナーを下げる。隆起した性器がパンツを押し上げていた。

もう百冊以上、官能小説を著しているが、口述中に勃起するのは毎度のことだ。勃《た》ちの鋭さがよい作品のバロメーターとも言える。

敬次郎はズボンとパンツを下げると、椅子に座ったままオナニーを始めた。おかずには週刊誌のヌードグラビアを使った。

安江とはもう三年以上セックスをしていない。自分の官能小説で想像力が肥大化してしまったせいだろうか、崩れきった体型の妻にはもう勃たないのだ。安江も亭主とのセックスには関心がないのか、求めてもこない。一度探し物をしていたら、鏡台の引き出しから特太のバイブレーターが出てきたことがある。なにやら猛然と腹が立った。安江は安江で、自分など用なしだと思っているのだろう。

ものの五分で射精し、ティッシュで受けた。丸めてゴミ箱に捨て、たばこに火を点《つ》けた。カレンダーの予定表に目が行く。

今月の締め切りは、書き下ろしのシリーズに、月刊誌が『小説エロス』と『桃色ノベル』、週刊誌が『実話パンチ』、それから夕刊紙の『夕刊トップ』があって……。

いかん、オナニーをしている場合ではない。敬次郎はレコーダーを手にした。

——達郎は、続いて今日子の両足を抱え上げると、大きく股を開かせ、腰を激しく動かした。

「いや、恥ずかしい」今日子が自分の親指を嚙んで悶《もだ》える。口ではそう言うものの、今日子はこの体位が好きだった。反応でわかった。体ののけぞらせ方がちがうのだ——。

敬次郎はこんな調子で、一日に三十枚分は口述でテープに吹き込む。パターンが出来上がっているので描写につかえることはない。簡単なストーリーを練り、登場人物の設定を変えるだけだ。月に一冊のペースで文庫本を上梓し、年収は二千万円前後をキープしている。収入に関して不満はない。不満があるとすれば、世間的な地位だけだ。官能作家は、正しく評価されていない。


午後になって敬次郎は渋谷に出かけた。編集者にテープを手渡すためだ。ふだんなら自宅まで取りに来させるのだが、たまには外の空気も吸いたいと思い、若者の繁華街で待ち合わせた。リサーチの意味もあった。書斎に籠《こも》っていると、流行がわからなくなる。

ホテルのラウンジで桃園書院の石井と向き合った。「先生、いつもありがとうございます」うやうやしくテープを受け取る。三流出版社の社員だけあって腰は低かった。桃園書院は実用本や文芸書も出しているが、利益の大半は官能小説で上げている。

「今回の『長い夜』は自分でも出来がいいと思うんだけどね」敬次郎がソファにもたれかかって言った。

「それは素晴らしい。では早速テープ起こしをして、拝読させていただきます」

「濡れ場もさることながら、社会の規範から外れていく男女の愛というテーマを扱ったものでね。文学性もあると思うんだよ」

「はあ、そうですか」

「でね、試しに四六判《しろくばん》のハードカバーで出してみたらどうかな。イメージ的な装丁でちょっと目先を変えてみて――」

「いや、それは」石井がぎこちなくほほ笑んだ。「先生のご著書は文庫版の重要なシリーズですので……。それに読者も文庫に慣れてましてて……」

敬次郎は憮然《ぶぜん》とした。これだから官能小説は使い捨てにされる。もう何年も自分の著書は文庫ばかりだ。

「だから、一旦ハードカバーで出したのちに文庫にすればいいじゃない。そうやって読者を広げることも大事なんじゃない？」

「いえ、しかし、官能小説の場合、ハードカバーはなかなか受け入れられないんですよね」

「そうかなあ、売り方次第なんじゃないの」

敬次郎は首を左右に曲げ、骨をポキポキと鳴らした。不満だが、通らないことはわかっていた。出版不況は隅々まで行き渡っていて、敬次郎の本も最近では部数が絞り込まれている。

「それからタイトルなんですが……やはり従来通り『濡れた夜』とか『おしめり温泉旅行』とか、そういうものにしたいのですが……」

「どうして内容も読まないうちに決めつけるのよ」

「いいえ、もちろん読んでから決めるものですが、やはり読者の欲望を煽《あお》るものでないと……」石井が低姿勢で言う。「タイトルは、任せていただけませんか？」

「……まあ、いいけど」

つっけんどんに答えた。作家という職業を告げたとき、相手はたいてい著書の題名を聞いてくる。敬次郎は胸を張って答えられたことがない。

「ところで、近頃はどんな小説が売れてるわけ？」

「赤沢龍彦先生の『ピンク探偵』シリーズとか、猪瀬駿太郎先生の『やり逃げ彦左衛門』シリーズなんかが比較的動いてますが」

「そうじゃなくて文芸の方だよ」

敬次郎は気分を害した。この編集者は、目の前の作家を文壇の一員とは考えていない。

「文芸ですか。うちの本ではあまり……」

「別に桃園書院のことを聞いてるわけじゃないの。世間一般のことだよ」

「さあ。宮部あけみ先生とか、浅田一郎先生とか、そういった方なんじゃないでしょうか」

「この前、賞を獲《と》った翠川輝夫はぼくの同人誌時代の後輩だけどね」

「そうなんですか？　それは知りませんでした」石井の目が輝いた。

「小説のイロハを教えてやったのはぼくだよ。あいつも長かったね、地味な私小説ばかり書いてて。食えるようになったのは最近だろう」

「あのう、よろしかったらぜひご紹介を……」石井が身を乗りだす。「もちろん小説の原稿はいただけなくても、雑誌のエッセイでも結構ですので……」

「なんだよ、エッセイぐらいならぼくが書いてやるのに」

「あ、そうですね。ははは」顔をひきつらせて笑った。

敬次郎は深くため息をつく。官能作家にはエッセイなど書かせても意味がないとでも言うのだろうか。官能作家の地位を低めているのは出版社自身だ。


石井と別れ、渋谷の街を歩いた。銀座や丸の内でOLを眺めることはあっても、渋谷となると久しぶりだ。敬次郎はセンター街を闊歩《かっぽ》する若い娘たちに目を見張った。なんたるけばけばしい外見であることか。黒髪など一人としていない。制服姿の女子高生がほとんどピンサロ嬢に見える。

これはモデルにはならんな。敬次郎は心の中でつぶやいた。官能小説の読者は中高年が多く、若い女に聖女願望を抱いている。楚々《そそ》とした女が、ベッドの中でだけあられもなく乱れる。そういうシチュエーションを好むのだ。

いや、待てよ。外見は派手でもセックスは幼いというのもいいかもしれない。中年の男のテクニックに翻弄《ほんろう》され、生意気盛りの娘がしおらしく変身していく――。

次はこの線でいってみるか。アイデアが湧いたことに少しだけ気持ちが弾《はず》んだ。

そうなると、女子高生たちの生態を少し知りたい気もする。会話だってビビッドでなくてはならない。どうしよう、声をかけてみようか。

敬次郎は、ふとショーウインドウに映った我が身を見た。

無理か。頭を撫でる。五十を過ぎてすっかり禿《は》げ上がった。腹も出ている。ときには老人に見られてしまうこともある。自分はもはや現役ではないのだ。

「おじさん」そのとき背中に声がかかった。振り返り、すぐさま身構える。

立っていたのは、いかにもチンピラ風の若者だった。金のネックレスがはだけたシャツの下で揺れている。

「何かな」警戒しながら聞いた。

「おじさん、ここで何してるの？」

「別に。ただ歩いているだけだが」

「何してる人？」

「なんだっていいだろう」

顔がこわばる。俗に言うおやじ狩りというやつだろうか。急に脈が速くなった。

「そんな怖い顔しないでよ。聞いてみただけだから」男が口調を和らげた。「女の子でしょ？いい子いるよ」白い歯をのぞかせて言った。

敬次郎は反応できないでいた。どうして、自分に。

「だって、おじさん、さっきから道端でずっと女子高生を眺めてたじゃん。まさか補導員には見えないし、娘を捜してる親にも見えないし……」男は近寄ると耳元で言った。「手コキで一万ポッキリ。どう？」

「手コキって……」

「知ってるくせに。手でやるんスよ」男は薄笑いすると、手で性器をしごく真似をした。

「いや、その」敬次郎は言葉に詰まった。まさか、こんな街中に客引きがいるとは……。

「場所はそこのカラオケボックス」

男が顎《あご》をしゃくった。視線を向けると雑居ビルの二階に「ミラーボール」という看板があった。

「普通の店だから安心でしょ。あ、本番は遠慮してね。料金は前払いで、カラオケボックス代はおじさんが払ってね。どうせ二千円かそこらだから」

「ほんとに女子高生？」敬次郎はついそんなことを聞いた。

「ほんと、ほんと。これから連れてくるから、ここで待っててよ」

男が路地に駆けていく。あ、待って、まだ決めたわけじゃ……。そう言おうとしたが遅かった。

どうするべきか。敬次郎は自問した。確か女子高生との性行為は都の淫行《いんこう》条例に抵触するはずだ。捕まったら間違いなく新聞に載る。仕事も家庭もすべて失うだろう。

いや、一度くらいならばれることもない。だいいち本番行為ではなく、手コキなのだ。それより、相手は女子高生だ。ソープに行っても触れられない、青い果実だ。

「おじさん、この子。どう？」

男はすぐに戻ってきた。傍らにセーラー服姿の女子高生がいる。「おじさん、よろしくねー」

屈託なく笑っていた。ブスでも非行少女風でもない。こんな普通の子がどうして。形のいいバストが目に飛び込む。喉がごくりと鳴った。

男に体を寄せられ、敬次郎は財布を取りだした。自分に言い聞かせる。一度だけだ。そしてこれは官能作家に必要な経験だ。

「じゃあ前金で一万」

男はうしろ手に金を手にすると、何食わぬ顔で去っていった。女子高生に腕を取られる。

「じゃあ、早く早く」急《せ》かされ、歩を進めた。

心臓がどくどくと鼓動している。顔が熱くなった。ついでに股間も。午前中にオナニーをしたというのに、性器は青竹のようにそそり立っている。こんな興奮はいったいいつ以来だろうと、敬次郎はうまく回らない頭で思った。

2

――「あ……」亜希の口から、ため息とともとれる呻き声があがった。制服の下に隠された乳房は想像以上にふくよかで、ブラジャーの背中のホックを外すと、弾力でふわりと跳ねた。そして現れたピンクの乳首に、幸彦は軽く歯を立てたのだ。続いて両手で乳房をゆっくりと揉《も》みしだく。「ああ……」十七歳とは思えない、大人の反応だった。おそらく時間をかけた愛撫の経験がないのだろう。これまで、若さに任せたセックスのみをしてきた。いま、四十一歳の幸彦に開発されようとしているのだ。幸彦は舌で乳首を転がした。同時に右手をパンティの中へと伸ばす。「ああ、いや……」亜希が身悶えした――。

ふふっ。敬次郎は一人苦笑した。まだまだ自分は捨てたものではない。その気になれば毎日だって射精できるのだ。甘い気持ちが込みあげた。

敬次郎はテープレコーダーを止め、一息ついた。また股間が持ち上がっている。

たばこに火を点け、天井に向けて煙を吐いた。昨日の渋谷での出来事を思い出す。

十七歳だという女子高生は、カラオケボックスの個室に入るなり、床に跪《ひざまず》き、慣れた手つきで敬次郎のズボンのベルトを外した。その可憐《かれん》な指先を見たら、興奮はさらに高まり、中年男の性器をいっそう硬くした。

「よかったらわたしも脱ぐよ。セーラー服は二千円、スカートは三千円、ブラジャーは五千円。おじさんどうする？」女子高生が聞いてきた。

敬次郎は七千円を払い、少女の上半身を裸にした。心臓が高鳴った。豊かな乳房がぴんと張っている。上を向いたおっぱいを見たら、つい手が伸びてしまった。

「だーめ」即座に払いのけられる。「揉みは五千円、舐《な》めも五千円……」

そうか、手コキ以上のことだってできるのか。敬次郎の心ははやった。

しかし、あいにく持ち合わせがなかった。仕方なく触れることは断念し、ソファに腰を下ろして少女の行為に身を任せた。

目を閉じるのがもったいなく、一部始終を見ていた。亀頭はぱんぱんに充血し、顔が映り込むほどのてかり具合だった。

少女の手が自分の性器を握る。「いくねー」明るい声で言い、上下に動かした。すぐにイッてなるものか。興奮しながらも、少しでも長くこの時間を味わおうと思った。

しかし三分ともたず、射精してしまう。全身の力が抜け、ソファにもたれかかった。過去十年間のどのセックスよりも気持ちがよかった。ウェットティッシュで後始末をしてくれたのには泣けた。サービスは満点だ。

少女と別れてからも、快感は波のように押し寄せてきた。電車の中で、帰宅後の風呂の中で、布団の中で、思いだしては甘酸《あまず》っぱい気持ちになった。現に一夜明けた今でも、余韻《よいん》に浸っている。

敬次郎はまた行くことを決めていた。今度は金を用意して体に触れるのだ。そしてあのピンクの乳首を吸いまくるのだ。

捕まることはないと楽観視した。ホテル街ではなく、普通の繁華街のカラオケボックスで行われているのだ。誰も怪しむわけがない。

自然と笑みがこぼれた。なにやら仕事にも身が入りそうな気がした。

その夜は、銀座で艶聞《えんぶん》社の接待を受けた。敬次郎は週に一度の割合で、出版各社と会食した。売れっ子作家なので珍しいことではない。

ただし内実は、自分から催促しての飲み食いだった。「そろそろ次の打ち合わせを……」という電話をかけ、「午後六時に銀座で」と夕食時を指定するのだ。

一流とまではいかない寿司屋で握りをつまみ、そのまま編集者と文壇バーへ流れた。

「あら、西郷寺先生。いらっしゃい」ホステスたちに歓待される。時間が早いせいかまだ客はまばらで、いちばん奥のテーブルに通された。

おしぼりで顔を拭き、たばこをくわえる。ホステスがすかさずライターで火を点けた。敬次郎が作家になってよかったと思える瞬間である。世間的には無名でも、ここでは名士として扱われる。先生と呼ばれる。しかも出版社の支払いだ。

「先生、この前の『奴隷志願』、面白かったですぅ」若いホステスが甘えた声で言った。

「ほう、そうかい。じゃあクミちゃんはMの気があるのかな？」

「あ、かもしれない。強引に引っ張っていってもらいたいタイプだしィ」

「じゃあ今度、ぼくが得意の亀甲《きっこう》縛りで」

「やだー。先生ったらァ」

冗談を飛ばし、盛り上がる。たとえ義理でも、自分の本を読んでくれているのは気分がよかった。ホステスがフルーツを食べたいというので、鷹揚《おうよう》にうなずいて許可した。もちろん支払いは出版社だ。

ブランデーを飲みながらホステスを独り占めしていたら、しばらくして別の客がやってきた。上等そうなスーツを着込み、葉巻をくわえている。取り巻きも大勢いた。

「高橋先生」ママが華やいだ声をあげ、駆け寄った。ほかのホステスたちも一斉に立ち上がる。

テレビや雑誌でよく見かけるミステリー作家だった。大半の作品がドラマや映画になっていて、賞の選考委員もいくつか兼任している文壇の大御所だ。

一瞬、目が合う。向こうはこちらを知らないらしく、無視してテーブルへと歩いていった。敬次郎も知らないふりをする。だいいちこちらの方が年上で、キャリアも長いのだ。

「世界文藝社の人たちと来ているみたいですね」艶聞社の編集者が小声で言った。

日本を代表する老舗《しにせ》出版社だった。今は付き合いがないが、敬次郎もかつては注文を受けたことがある。だいいち二十年前、純文学系の新人賞、「世界文藝新人賞」を受賞していて、それがデビューのきっかけだった。敬次郎が獲った唯一の文学賞で、今でもプロフィールには必ずその一行を入れている。

「彼ら、よく来るの？」テーブルに残ったただ一人のホステスに聞いた。

「今年になってからです。新しく入った女の子が前に勤めてたお店のお客さんで……」

なんだか縄張りを荒らされた気がした。

艶聞社の編集者はあきらかに気後れしている様子だった。世界文藝社と弱小の出版社とでは月とスッポンだ。年収も倍はちがう。

向こうのテーブルは端から賑やかだった。ミステリー作家は両脇にホステスを抱え、大物ぶっている。

ふん。たかが三文推理小説だろう。何を大きな顔をしているのか。こっちは純文学作品を書いていたことだってあるのだ。

面白くないのでブランデーをがぶ飲みした。たばこも続けて吹かした。ホステスと会話を交わすものの、あまり盛り上がらなかった。

小一時間ほどして、世界文藝社の編集者がトイレに立った。何気なく目をやると、見覚えのある顔だった。すっかり中年になっているが、新人賞を獲った時分の担当だ。

「よお」思わず声をかけていた。「佐藤君じゃないか」

男が振り返り、戸惑っている。

「ぼくだよ。西郷寺敬次郎。あ、いや……西寺次郎だよ」

そう告げても男は怪訝《けげん》そうな顔をしていた。すっかり忘れてしまったらしい。

「二十年前、おたくの新人賞を獲って本を一冊出したでしょう。『夜の川』ってやつ」

「ああ、あのときの西寺さんですか。いやあ、お久しぶりです」佐藤の表情が緩《ゆる》んだ。前まで来て頭を下げる。「奇遇ですね。この店はご常連なんですか?」

「そう。週に一度は来るよ」

「今は何をなされてるんですか?」

「ええと……作家だけど。知らない? 西郷寺敬次郎っていうペンネーム」

答えつつ、頬がひきつった。近況を聞かれること自体、知られていないということなのだ。

「あ、西郷寺さんですね。失礼しました。もちろん存じ上げてます。そうでしたか、西郷寺さんが、西寺さんだったんですか」佐藤がほほ笑んで言う。

嘘だな、と敬次郎は思った。笑い方がぎこちない。

艶聞社の編集者が名刺を出し、自己紹介した。隣で黙っているのも失礼だと思ったのだろう。

「ああ、艶聞社さんですね」名刺を眺めている。

佐藤の口調には、どこか軽んじるところがあった。マイナーな男性誌と実用本、それに官能小説の出版社だ。敬次郎の現在の仕事内容も、これで察した様子だった。

「じゃあ、これで」片手を挙げ、去っていく。テーブルに戻ると、ミステリー作家とひとことふたこと交わし、その作家が敬次郎にちらりと視線を向けた。

目礼もなく、再びホステス相手に談笑を始めた。

敬次郎はブランデーを飲み干すと、今度はウォッカに切り替えた。

「先生、昔は世界文藝社から本を出してたんですか？」ホステスが意外そうに聞いた。

「こう見えても純文学出身でね」

「すっごーい」無邪気に手をたたいている。

ほう、じゃあ今は凄くないのか？　そう言いたかったが、言葉を飲み込んだ。

敬次郎はウォッカをストレートであおった。味がまるでわからず、舌も頭も痺《しび》れていた。


翌日、敬次郎は渋谷に出かけた。本当はもう少し日を空けたかったが、欲望が理性を撥《は》ね除《の》けた。女子高生の手でしごかれる感触が、こびりついて離れないのだ。

今度は自分から客引きに声をかけた。

「あ、どうも。いらっしゃい」客引きの若者は目を丸くすると、すぐさまにやりと笑い、なれなれしく敬次郎の胸をつついた。「好きッスね、おとうさんも」

「この前の子、いる？」興奮してつい声がうわずった。

「さあ、どうッスかねえ。すぐ先のファストフードで待機してるんスけど。いつも同じメンツとは限らないから。……どうせなら別の子にすればいいじゃないッスか」

「うん、まあ、そうだな。任せるよ」

「じゃあ、連れてきます」

客引きが走っていく。ものの五分で戻ってきて、うしろには先日以上にグラマラスな女子高生が立っていた。胸も尻もピチピチだ。

敬次郎は驚嘆した。なんて最近の娘は育ちがいいのか。自分が若かったころは、女子高生などペチャパイばかりだった。思わず股間が熱くなる。

「はじめまして。よろしくねー」少女はあっけらかんと言った。

客引きに一万円を手渡し、少女とカラオケボックスの玄関をくぐった。受付の店員が敬次郎たちを一瞥《いちべつ》し、好色そうな視線を投げかけてきた。それはそうだろう。どう考えても不自然な組み合わせだ。怪しまれるとしたら、カラオケボックスの店員からだ。

しかしどうでもよかった。喉の奥底から、性欲が激しく突き上げてきたのだ。

部屋に入ると、少女にされるままズボンとパンツを下ろし、手でのサービスを受けた。

ああそうだ。忘れていた。「君、金を払えば服を脱ぐんだよね。それからお触りも」

「いいよー。先払いね」

敬次郎はますます性器を硬くした。震える手で財布を取りだす。

そのときドアが開いた。店員がトレイに飲み物を載せ、突っ立っていた。

「お客さん、困りますよォ」店員はにやついて言った。

「おい、なんだ。ノックもなしに」あわててパンツを上げる。足がもつれてその場に尻餅をついた。

「いいです、いいです。チクッたりしませんから。おれ、そういうの、話がわかるし」

「じゃあ早く出て行ってくれ」

「ねえ、彼女さあ、黙っててあげるから、おれもあとで抜いてくれない？」

店員が軽い調子で言った。股間をさすり下卑《げび》た笑みを浮かべている。

なんてふざけた店員なのか。渋谷はこんな若者ばかりなのか。

「えーっ」少女が顔をしかめた。「言っとくけど、ただはやだよ」

「わかってるって。ちゃんと払うから」

男は飲み物をテーブルに置くと、「じゃあ、また来ますから」となれなれしく手を振り、廊下に出て行った。

なにやら気分が損なわれた。性器も萎《な》えている。

「おじさん、どうする？」少女が聞くので、気を取り直し「やってくれ」と再びパンツを下げた。

ついでに金を払い、上半身を裸にさせた。

しごかれながら、右手で少女の乳房を揉む。張りのある、ゴム鞠《まり》のような乳房だった。極楽だと思った。若者の性の乱れは、中年男にとっての福音《ふくいん》だ。

射精後は追加料金を払い、吸わせてもらった。

「いやーん。くすぐったい」

「ぐへへへへ」つい下品な声を発してしまった。

結局、前金も含めて二万七千円も使う羽目になった。

なんだ、これならソープと変わりがないじゃないか。心の中でひとりごちたが、不満はなかった。十代の柔肌《やわはだ》が、つかの間自分のものになったのだ。

「お金は何に使うわけ？」さして関心はないが聞いてみた。

「いろいろー」

きっとブランド品とか遊興費に消えるのだろう。ちらりと見ただけだが、少女はカルティエらしき腕時計をはめていた。

廊下に出ると、さっきの店員がニヤニヤしながら立っていた。

「お楽しみでしたね」

「何だ、失礼だろう」さすがにむっとした。この男は外から様子をうかがっていたのだ。

「いいじゃないですか。秘密は共有しましょうよ」

「共有って――」

「お互い様、お互い様」ぽんと肩をたたかれる。

そう言われ、胸を撫で下ろす部分もあった。これで店側から密告される心配はない。晴れて堂々と、買春行為に走れるのだ。

明日も来ようと敬次郎は思った。射精したばかりだというのに、また股間が熱くなった。

自宅に帰ると、妻の安江が居間でデパートの包みをほどいていた。高そうなハンドバッグを手にうっとりしている。

「おい、また買い物か。いくらしたんだ」

敬次郎がとがった声で言った。ここ数年、安江は夫に相談もせず高価なブランド品を買い漁っている。

「いいじゃない。いくらだって。家のローンも繰り上げ返済したし、少しぐらい贅沢《ぜいたく》したってばちは当たらないでしょう」

反抗的な物言いだった。たるんだ顎の肉がいっそう醜く見える。

誰が稼《かせ》いだ金だと思ってる――。そう言いかけてやめた。返ってくる答えはいつも決まっている。昔はわたしが稼いでたんでしょう――。純文学を志していたときは、収入がほとんど得られず、安江がスナックで働いて家計を支えていたのだ。

「腹が減った。晩飯は？」怒りを押し殺して聞いた。

「冷蔵庫の中。勝手に食べて。わたしはデパートで済ませてきたから」

台所へ行って冷蔵庫を開けると、あるのはデパ地下で買った惣菜だった。仕方なくレンジで温めて食べる。もっとも安江の手料理よりおいしいので、腹の立ち方も半端なのだが。

肉団子をほおばりながら、もう一度純文学に戻るかな、と敬次郎は思った。実を言えば、暇を見つけて書き溜めた短編が何本か引き出しの中にあるのだ。

けれど、五十二歳で今さらどこに持ち込むというのか。官能作家として名を成したプライドもある。

居間で安江が放屁をし、その音が台所まで聞こえた。一人顔をしかめる。

なにやら自分の生きがいが、女子高生との行為だけのような気がしてきた。

3

朝、書斎で新聞を広げると、各出版社の書籍広告が目に入った。いつも不愉快な思いで眺めているのだが、ここ数日はいっそう不快感が増した。

「話題のベストセラー」「××賞受賞」「大増刷出来」「各紙誌で絶賛」「××部突破」

同じ作家だというのに、まるで別世界の出来事のように思える。

敬次郎の本が新聞広告に載ることはない。載ったとしても夕刊紙のたばこの箱ほどのスペースだ。それとなく編集者に要求したことがあるが、「いやあ、読者層がちがうし、うちの広告なんか代理店も受けてくれないですよ」と卑下《ひげ》するように言っていた。扇情的なタイトルがコードに引っかかるのだろう。

　さらには書評で取り上げられることもない。誰も読みそうにない難解な小説を載せるぐらいなら、官能小説を紹介した方がよほど有意義だと思うのだが、世間はそう考えてはいないようだ。要するに、一段低いものとして扱われているのだ。

　ついでに言えば、読者からの反応もない。それなりに売れているのでファンはいるのだろうが、ファンレターの類《たぐ》いが届くことはない。

　自分は、世の中とつながっているのだろうか――。敬次郎はときとして心細くなるときがあった。同業者に知り合いはおらず、文壇パーティーの案内状は来ず、いつの間にか友人もいなくなった。毎日、一人だ。相手をしてくれるのは担当編集者だけだ。

　新聞をたたんでソファに放り投げ、机の引き出しを開けた。手書きの原稿用紙が入っている。いちばん上の束を取り上げ、拾い読みした。確か一昨年書いた短編だ。

　もう何度も読み返しているので、面白いのか面白くないのか、自分でもわからなくなっている。ただ、文章だけは自信があった。一度、桃園書院か艶聞社の編集者に読んでもらおうか。ぼんやり、そんなことを思う。

　いいや、彼らに純文学などわかるわけがない。エロと漫画で禄《ろく》を食《は》む、程度の低い連中だ。となると、世界文藝社だが……。

　先日の、文壇バーでの出来事が脳裏に浮かんだ。売れっ子作家とお付きの編集者たちは、敬次郎を事実上無視した。

　吐息をつき、テープレコーダーを手にした。いつもの口述を始める。

――「あん、あんっ」奈緒美が激しくよがり声をあげた。「ここかい？」俊一が耳元でささやく。「そうよ。もっと、もっと」奈緒美が頭にしがみつき、体をのけぞらせた。愛液が噴水のようにシーツに飛び散る――。

心なしか、自分の声に張りがないように感じられた。

夕方になって渋谷に出かけた。我慢することも考えたが、気持ちを抑えることができなかった。午後三時を過ぎたあたりから、頭の中がそのことに占拠され、仕事が手につかなくなったのだ。

客引きの男は敬次郎を見るなり白い歯を見せ、愛想よく頭を下げてきた。三度目ともなれば、もはやお得意さんということなのだろう。

「おとうさん、好みのタイプを言ってくださいよ。今日はたくさん待機してますから」

「巨乳」簡潔に答えた。

果たして連れてきた少女は、セーラー服の胸元がはちきれんばかりの女子高生だった。しかもオツムが弱そうで可愛い。

ヴィヴァ人生。心の中で鐘が鳴った。見ただけで激しく勃起した。

いつものように前金を手渡し、二人でカラオケボックスに行く。受付には先日の茶髪の店員と、もう一人、おとなしそうな若者がいた。

茶髪がにやりと口の端を持ち上げる。お客さん好きッスね、と顔に書いてあった。

開き直る気持ちがあり、敬次郎は堂々と振る舞った。「ビールとつまみを持ってきてくれ」勝手がわかって余裕が出てきたので、飲み物を注文した。

部屋に入り、ビールを飲む。「いくつ?」と聞いたら「じゅうろくー」という答えが返ってきた。なんという育ちのよさ。飢餓のない日本に感謝したくなった。

後学のためにいろいろと取材をした。初体験は中三で、体験人数は十数人、このバイトを始めたのは一月前、きっかけは友だちに誘われたから。理由はお金が欲しいから。おとうさんは普通の会社員で、おかあさんは専業主婦。この国はどこに行こうとしているのか、いささか不安にもなった。

しかしそれより目先の欲望だ。追加料金を払い、少女を脱がせる。たわわな乳房がブラジャーからぽろりとこぼれた。「ぐへへへへ」またしても助平な声を漏らしてしまう。我慢できず吸いついたら、「きゃはははは」と無邪気に笑われた。

「おい、少しはムードを出せよ」

「だって、おかしいんだもん」

「じゃあ、二千円で喘《あえ》いでみてくれ」

「いいよー」

素直ないい子で「ああーん」と色っぽく演技をしてくれた。

「なあ、本番はいくらなんだ」敬次郎が鼻息荒く聞いた。性器は完勃ちだ。

「だめー。ウリはやってないもん」

「ここまでやらせておいてそれはないだろう。社会で通用すると思っているのか。身勝手というものだぞ」

自分でも妙なことを口走っていた。

「口ならいいよ。二万だけど」

「高い。一万」

「じゃあだめー」

少女の厚ぼったい唇を見たら、切ないような、悲しいような、狂おしいほどの欲望が湧き起こった。ここでやめたら一生後悔するにちがいない。

震える手で財布から二万円を抜き取り、少女に握らせた。

少女は満面の笑みを浮かべると、ポーチからコンドームを取りだし、慣れた手つきで敬次郎の性器に被《かぶ》せた。

「おい、生じゃないのか」

「やだ。汚いもん」遠慮なく言われた。

少女が口にくわえる。極楽だと思った。死んでもいいと思った。

なるべく長くこの時間を味わいたかったが、ものの三分で果てた。結局、五万円近い金を払ったこととなった。

「おじさん、本番やりたいのならオッケーの子もいるよ」少女が服を着ながら言った。「ポンちゃんに聞いてごらんよ」

「ポンちゃんって？」ソファに横たわりながら聞く。

「前金を渡したポン引きの人だよ」

そうか、本番もできるのか。ヴィヴァ人生。再び心の中で鐘が鳴った。明日も来ることを決めていた。


昼過ぎ、桃園書院の石井が自宅にやってきた。テープを受け取るためだ。安江はテレビの前に陣取ってお茶を出そうともしない。仕方なく自分でいれて供した。

「今度の『恋太郎ハメ撮り行脚《あんぎゃ》・信州編』はいくつ刷るわけ？」書斎で向き合って、敬次郎が聞く。

「ええと、従来通り二万部を予定してますが……」

「文庫書き下ろしなんだから、もう少し刷ってもいいんじゃない？　それに内容もいいんだよ」

「はあ。しかし、ここのところ売れ行きが全体的に落ち込んでまして……」

石井が低姿勢で言う。敬次郎は不満だった。売れたところでめったに重版はかからない。出版社は書店の棚を確保するため、新刊を出し続けることのみに腐心しているのだ。

「ハードカバーはどうなのよ。一般文芸で勝負する気はないわけ？」

「いい原稿があるのならぜひそうしたいのですが。うちだとなかなか……」

「ぼくの書いた純文学の短編がいくつかあるんだけどね」

「へえ、そうですか」返事に間《ま》があった。それに気乗りしない様子に見える。

こっちだって言ってみただけだ。誰がおまえのところのような三流出版社で。

「でも、出すなら世界文藝社クラスのところかな。読者に与えるイメージもあるだろうし」

「そうでしょうね。ははは」石井が顔をひきつらせる。

気まずい空気が流れた。しばしの沈黙。互いに尊敬し合えない人間関係は、なんて悲惨なのか。

奥の部屋から女の甲高《かんだか》い声が聞こえた。近所の主婦がやってきて、おしゃべりしているようだ。「がははは」安江の、女とは思えない笑い声が響く。

「ところで、テープ起こしはいつも君がやってるわけ？」敬次郎が話題を変えた。

「いいえ。テープリライターの女性で外注です」

「へえ、そうなの」

知らなかった。自分の声を女のリライターが聞いているのかと思ったら、尻の辺りがこそばゆくなった。

「いつも頼んでるのは、玉木小百合さんっていう二十八歳の女性です」

玉木小百合。二十八歳。名前と歳を聞いただけで勃起した。近頃の敬次郎の性衝動は、まるで高校生並みだ。

「じゃあ今度、一席設けてよ。慰労の意味で」

「はあ、そうですね」

また奥から安江の声がした。「ううん。作家っていってもポルノよ、ポルノ」謙遜《けんそん》というより、小馬鹿にした口調だった。

敬次郎の顔がかっと熱くなった。

「本はたくさん出してても、三流出版社だもん」

今度は編集者の顔がこわばった。

敬次郎は思わず立ち上がっていた。「あのう、わたしはこれで……」石井が辞去するのもかまわず奥の部屋へと進んだ。

襖《ふすま》を開けるなり「おいっ、もう一回言ってみろ！」と怒鳴りつける。

「何よ、大声出して。びっくりするじゃない」

安江が目を吊り上げた。近所の主婦は青い顔で目を伏せている。

「おれが稼いでいるから、おまえは昼間からのうのうとおしゃべりをしてられるんだろう。少しは感謝の態度を見せろ」

「えらそうに。勃ちもしないポルノ作家のくせに」

「ばーか。外では勃つんだ。鏡を見ろ。おまえのぶよぶよの体に欲情する男がいるとでも思ってるのか」

安江が顔を真っ赤にし、頬を痙攣《けいれん》させた。「言ったわね。このハゲ」湯飲み茶碗を投げつけてきた。

手で避《よ》けるつもりが頭に命中した。完全に頭に血がのぼった。「このくされ外道が」テープルをつかみ、ひっくり返す。けたたましい音が居間に響いた。近所の主婦があわてて帰っていく。

安江がふくらはぎに嚙みついた。「あぎゃー」激痛が走る。敬次郎も負けじと髪をつかんで振りまわした。

摑み合いの喧嘩をしたのは初めてだった。すべての感情がいっきに溢《あふ》れ出て、我を失った。ただ頭の隅で、こうやって人は人を殺すのだろうな、とやけに場違いなことを思った。


いろいろ迷った末、短編を世界文藝社に持ち込むことにした。引き出しの中に入れておいても、永遠に陽の目を見ることはない。作家である以上、作品を誰かに読んでほしかった。プライドもあるが、それより今の状況を抜け出したい思いの方が強かった。金はあっても満たされない。職業を聞かれるのが、あまり好きではない。

五十二歳という年齢が、もはや手遅れなのかどうかはわからなかった。しかしここで行動を起こさなかったら、この先はもっと臆病になるだろうことは容易に想像できた。最後のチャンスなのだ。

電話をかけ、自分から出向いた。かつての担当だった佐藤は、当初戸惑っていたものの、快く面会を約束してくれた。

二十年ぶりに訪れる世界文藝社は、昔のままの威厳あるたたずまいだった。新人だったころ、石造りの社屋を見上げ、ずいぶん気後れしたことを思いだした。

応接フロアに通され、三十分待たされる。佐藤はゆっくりとした足取りで現れ、「すいませんね、会議が長引いちゃって」と、さして申し訳なさそうでもない顔で言った。

「あのあと、書店の文庫の棚で見たんですが、西寺さんの著書ってたくさんあるんですね。ぼくら、文芸以外にはなかなか目がいかないから」

「ああ、そうだろうね。棚も端っこの方だし」

「でも凄いじゃないですか。ご成功なされてるわけですよね」

「いやあ。成功っていっても、狭い世界でのことだから」敬次郎は頭を掻いた。

「狭いのはお互い様ですよ。文芸なんて、ちっとも売れやしない。こっちも官能小説の分野に進出したいくらいですよ」佐藤は椅子にもたれると、両手を頭の上で組み、大きく伸びをした。続いて身を乗りだす。「で、西寺さん。うちに持ち込んでくださるってことは、ありきたりの官能小説ってわけじゃないんですよね」

「えっ？」

「エロであっても一向に構わないんですが、問題作であるとか、社会性があるとか」

「ええと……」言っていることがわからなかった。

「ぼくもいろいろ考えたんですがね。本はやっぱり売れてナンボですよ。官能小説、結構じゃないですか。ただ、うちは元来が堅い会社だから、エクスキューズが欲しいんですよ。濡れ場は満載なんだけど、社会の矛盾を鋭く突いているとか、現代の夫婦の在り方に一石を投じているとか」

「あのう……」敬次郎は遠慮がちに口を開いた。「ぼくが書いたのは純文学なんだけどね」

「ジュンブンガク？」佐藤が目を剝《む》いた。

「そう。昔とった杵柄《きねづか》で、また挑戦しようかと思って」

しばし佐藤が黙る。「……ああ、そうですか」いきなり声のトーンが下がった。「純文学なんですか」

「作品には自信があるんだけどね」

「でも、官能小説ではないわけですよね」

「うん。そうだね」

「なんだ。ぼくはてっきり官能小説かと思って……。ただの官能なら出せないけど、カモフラージュができてれば、それも面白いかなって……」

佐藤の顔には落胆の色が見て取れた。ため息をつき、窓の外を見ている。

敬次郎は鞄から原稿を取りだし、テーブルに置いた。「いいのを三篇、選んできたんだ。ほかにもまだあるんだけど」

「わっかりました。読ませていただきます。でも、期待しないでくださいね」乾いた口調で言った。「純文学なんて、よほどの傑作か、作者に話題性がない限り、まず売れない代物ですから」

「そうだろうね。昔もそうだったし」

「昔どころじゃないですよ。西寺さんは官能作家に転身なされて正解ですよ」

佐藤が変な褒め方をした。「じゃあ、これで」冷めた目で立ち上がる。敬次郎を見送りもせず、さっさと社内へと戻っていった。

翌日、早くも返答が来た。「残念ながらうちではご期待に沿うことができません」という、簡潔かつ事務的な知らせだった。面倒なことは早めに済ませたいという態度が、受話器を通して伝わってきた。敬次郎は、「はい、はい」と新入社員のように聞いていた。「今後も官能作家としてご活躍ください」とも言われた。もう来ないでほしいと言われたのも同然だった。

4

敬次郎の渋谷通いが止まらなくなった。毎日の出費は五万円を超えるが、どうでもよくなってきた。女子高生を相手に射精することが、唯一の生きがいのように思えてきた。

本番オーケーの少女たちは、さすがに可憐というわけにはいかず、見た目も少し落ちたが、それでも弾力のある肢体と発散する甘い匂いが敬次郎を溺れさせた。

「だめー。うしろからならあと一万円」

少女たちのあっけらかんとした態度が、敬次郎の罪悪感を薄れさせた。少女たちはほとんど別の動物といってよかった。向こうだって同様に思っているだろう。別の動物同士だから、遠慮がないのだ。

自分の中で何かに火がついたのも感じていた。性欲の、別の回路に突然電気が通ったような。そもそも五十二歳で毎日できるというのが、自分でも驚きだった。少女との交歓の最中は、「おれはまだ大丈夫だ」と自分に言い聞かせることができた。

その日は三輪車に挑戦することにした。客引きにそのことを告げると、目を丸くしながらも二人の少女を連れてきた。

「おとうさん、少しイロをつけてくださいよォ」媚《こ》びるように体を寄せてくる。

「よっしゃ、よっしゃ」敬次郎は鷹揚にうなずき、チップを奮発してやった。

カラオケボックスの店員には、「どうだ。まだ若い者には負けんぞ」と口走っていた。店員たちも共犯と思えば、不思議と親近感が湧いてくる。自分が部屋に入ると、窓に黒布をかけてくれるようになったのだ。

案内をしたおとなしそうな店員に、「西郷寺敬次郎という名前は知らんか」と聞いてみた。

「いいえ……」かぶりを振っている。

「なんだ、最近の若い者は活字も読まんのか」敬次郎は説教してやった。

少女たちが「フルーツ食べたーい」と言うので注文する。自分はビールを飲み、早速裸になった。「ほら、おまえらも脱がんかい」金を払い少女たちも全裸にする。

「きゃーっ」「キモーイ」

わけのわからない言葉を発して、ソファで飛び跳ねていた。

「なあ、おい。ほかはどんな客がいるんだ？」なんとなく聞いてみる。

「いろいろだよー。オナニーしてるところを見ててくれとか、オシッコ飲ませてくれとか」

「そういうの、らくでいいよねー」

「ねー」

そうか。自分はまともな方なのか。心に余裕が生まれた。自分もソファに飛び乗り、少女たちに抱きついた。

「いやーん」「キモーイ」

「なあ、いっぺんアナルでやらせてくれんか」敬次郎が鼻の穴を広げて言った。官能作家として一度くらいは経験しておきたかったのだ。

「アナルって？」

「うしろの穴の方だよ」

「やだー。ヘンターイ」

「金なら払うぞ。いくらだ。二万か、三万か」

「ジュウマーン」

「十万？　ふざけるな」さすがに腹が立った。「十万円稼ぐのに、どれだけ人は苦労すると思ってるんだ」

「知らなーい」

「三万にしておけ」それでも充分に高価だが、どうしてもやりたい気分になっていた。

「ナオミ、やりなよー」もう一人の少女が言った。「ブーツ買えるよー」

「じゃあやろっか」

商談成立に敬次郎は興奮した。金を払い、少女をソファに這わせる。自分でコンドームをはめ、アナルにあてがった。「ぐへへへへ」だらしなく目尻が下がる。

「やっぱやだー」そのとき少女が腰を引いた。

「うん。やっぱやめた方がいいかも」もう一人が言った。「なんか痛そう。それをやったら人間じゃなくなりそう」

「おい、何を言ってるんだ。金は払ったんだぞ」敬次郎は抗議した。

「いいじゃん。雰囲気を味わっただけでも」

「そうそう」

「じゃあ金を返せ」

少女たちが黙る。

「早く返せ」

「……でも、一度もらったものはねえ」

「そうそう」

二人でうなずき合っている。一瞬にして頭に血がのぼった。

「なんだと。ふざけるな！」敬次郎はナオミという少女を組み敷いた。「おまえらに義務と責任というものを教えてやる」

「きゃーっ。助けてー」少女が悲鳴をあげる。「おやじー。いい加減にしろよ」もう一人が敬次郎を引き離そうとした。

「世の中をなめるなよ。誰だって好きなことやって生きていけるわけがないんだ。金のために我慢して、プライドを捨てて、馬鹿にされたって、虐《しいた》げられたって、がんばって生きているんだ。自分だけらくをして生きられると思うなよ」

「このおやじ、狂ってるよー」

「ナオミ、待ってて。人を呼んでくるから。やらせるんじゃないよ」

「うるさい。金を受け取った以上、義務を果たせ」

少女にうしろからのしかかった。暴れるのでうまく挿入できなかった。

「ちょっと、何をしてるんですか」男の声がした。振り向くと、店員がドアを開けて駆け寄ってきた。

「ナオミ、大丈夫？」

「大丈夫じゃねえよ。このおやじ、先っぽだけ入れやがったよ」

少女の仮面を脱ぎ捨て、チンピラのような口を利いた。地が出たという感じだった。

「お客さん、やめましょうよ。あなた、大人でしょう」店員が言った。

「馬鹿もん、もう金は払ってあるんだ。商談成立後に、こいつらはゴネやがったんだ」

「だって、気が変わったんだもん」

「じゃあ、金を返せ」

「けちけちすんなよ。あんた作家だろう？　知ってんだよ。渋谷じゃ有名なんだよ」

「あれえ、ガチャコじゃん」別の男の声がした。いかにも柄《がら》の悪そうな若い男が廊下から顔をのぞかせていた。「何を揉めてんだよ」

「あ、ショージ。いいところで会った。助けてよ」

少女たちが事情を説明する。敬次郎を完全な悪者として。

「よおし、ボコっちまおうぜ」男が向かってきた。首をつかまれ、全裸のまま引き起こされた。もちろん性器は完全にしぼんでいる。

店員が間に入った。「ちょっと、落ち着きましょうよ」なだめようとする。

その間にも男の仲間たちが集まってきた。部屋の中は不良少年少女でいっぱいになった。

「ナオミが掘られた？」「慰謝料だ、慰謝料」「やっぱ百万はいるんじゃねえのか」口々に騒いでいる。

敬次郎は男の手を振り払い、店員のうしろに回った。「お、おい。暴力はいかんぞ」膝が震えた。この歳になって痛い目には遭いたくない。

「おい、店員。どけよ」店員が殴られた。店員の後頭部が自分の鼻に当たる。目に涙が滲《にじ》んだ。

そのとき、別の団体が部屋に入ってきた。どかどかと靴音を響かせて。

「はい、はい。小僧ども、その場を動くんじゃないぞ。渋谷署の生活安全課だ。警察だ。わかるな」

背広姿の男が十人近くいた。そのうちの一人が黒い手帳を手に持ち、ひらひらとさせている。

警察――。頭の中が真っ白になった。続いてぐるぐると回った。自分は逮捕されるのか？淫行、新聞記事、近所の噂、安江との離縁、慰謝料、出版社、仕事の打ち切り……。だめだ。今さらやり直しはきかない。喉がからからに渇いた。

若者たちは不貞腐《ふてくさ》れた態度だった。警察が怖くないのか、睨みつけている者までいる。失うものがないからだろう。この中では、自分だけが一般人なのだ。

「おい、あんた。パンツぐらい穿《は》けよ」

刑事に言われ、震える手でパンツに足を通した。

「刑事さん、トイレへ行っていい？」不意に口をついて出た。なんとしても逃げなくてはならないと思った。

「だめだ。そこでじっとしてろ」

「漏れそうなんだよ。それも大便」都合のいいことに唇が震えた。

「いいんじゃないのか。パンツ一丁だし」別の刑事が言う。

「しょうがねえなあ。おい、誰かついていけ」

刑事に腕を取られ、廊下を歩いた。トイレに窓があることは知っている。ここは二階だが何とかなる。個室に入る前に勝負を賭けるのだ。

トイレに入る。素足にタイルがひんやりと滲《し》みた。

個室の中をのぞき、紙がないと嘘をついた。「奥の道具置き場にあると思うんだけど」

「おれに取ってこいってか？」刑事は気色《けしき》ばんだが、取りに向かった。

今だ——。敬次郎は身を翻《ひるがえ》し、窓の前に走った。ロックを外し、全開にする。「おいっ」背中で鋭い声が響いた。縁に足をかけ、躊躇《ちゅうちょ》することなく路地裏にジャンプした。アスファルト、ポリ容器、店の看板、野良猫。雑多なものが一度に目に飛び込む。次の瞬間、両足に衝撃が走り、敬次郎は道に転がった。

「おい、窓から逃げたぞー」刑事の叫び声が聞こえた。

敬次郎は立ち上がると駆けだした。路地裏を抜け、センター街に出る。一斉に通行人の視線を浴びた。「なんだ、なんだ」「きゃーっ」若者たちが声をあげる。

敬次郎はパンツ一枚の姿で懸命に駆けた。何人かを突き飛ばした。自分もよろけた。そのつど体勢を立て直し、駆け続けた。立ち止まったら終わりだ。自分の人生が終わる。

素足の痛みは感じなかった。風の冷たさも感じない。ただ心臓の鼓動だけが鼓膜を内側から鳴らしている。

駅前のスクランブル交差点にさしかかった。斜め前には交番があるのでまっすぐ宮益坂方向へと走った。通行人が目を丸くして道をあける。逃げだす若い娘もいた。

ガード下をくぐった。のんべい横丁の角を曲がる。突き当たりに宮下公園があり、中に入った。

青いビニールテントが並んでいた。ホームレスの住居だ。一も二もなくそのうちのひとつに飛び込んだ。

「うわっ。なんだ、あんた」ホームレスの男が仰天してうしろに転げた。

「た、た、た、助けて……」舌がもつれて言葉が出なかった。手足をがたがたと震わせ、床で横になった。心臓が破裂しそうだ。めまいもする。

「おい、勝手に入ってくるな。おれのうちだぞ」

「いや、だから……ね、ね」

「何が、ね、ね、だ。わけのわからんことを言うな。説明しろ」

「み……水を一杯」

必死の形相《ぎょうそう》に気圧《けお》されたのか、男は「ほれ」と煤《すす》けたやかんを敬次郎に差しだした。敬次郎がそれを受け取り、注ぎ口からいっきに喉に流し込む。

「落ち着けよ。何があったんだ」

「お、お、追われてるんです」やっとのことで口を開く。

「誰に」

「う、う、宇宙人に」なぜかそんなことを口走っていた。

「宇宙人？」男が眉を寄せる。しばらく考え込んだのち、「おめえ、コレか？」と人差し指で側頭部のあたりをくるくる回した。

「とにかく、助けてください」

「わかった、わかった。このへんはよく円盤が飛んでるっていうしな。そりゃあ怖かったろうよ」男は勝手に調子を合わせていた。「で、帰るところはあるのか？」

「ないんです」敬次郎が言った。

そうだ。もう自分には帰る場所がない。警察はすぐに身元を割りだすことだろう。作家だと吹聴《ふいちょう》して回っているのだ。だいいち財布もカードもあの場に置いてきている。今日中にも自宅に押しかけられ、安江に知れるにちがいない。そして新聞に載る。

焦燥感が込みあげてきた。なんて自分は馬鹿なのか。すべてを、今失った。

ただ、一方では乾いた気持ちもあった。どうせ誇れるような人生でもなかった。

「じゃあ、そこらで勝手にやりな。一応テリトリーがあるから、歩道橋を越えない範囲でな。それからあんた、裸じゃ寒いだろう。宇宙人に身包《みぐる》みはがれたのか？」

敬次郎は黙ってうなずいた。

「だったら服を貸してやるよ。サンダルでよけりゃあ、それもあるしな」男が紙袋の中から衣類を取りだし、目の前に広げた。「ほれ、好きなものを選べ」

ワイシャツとスラックスを手にした。身に着けるとすえたような臭《にお》いが鼻をついた。

「とりあえず隣にテントを張るか。ダンボールはおれのを分けてやるよ。もう心配することはねえ。ここはあんたみたいな人間ばっかだ」

その一言に、敬次郎は目頭が熱くなった。こんなにやさしい人間が、世の中にはいる。

「酒もあるんだ。一杯やんねえか？　実は今しがたも飲んでて、相手が欲しかったのよ」

敬次郎は目に涙を浮かべ、湯飲み茶碗を手にした。焼酎がなみなみと注がれる。

「あんた、歳はいくつよ」

「五十二です」

「なんだ、まだまだ平気だな」

「そうですか？　でもわたしには――」

「ああ、いい。何も言うな」男が顔の前で手を振った。「身の上話は聞かないよ。誰だって事情はあるんだ。ここはそういうのを不問にするのがルールだから」

「はあ……」気持ちがすっと軽くなった。ここで、暮らせるかもしれない。

「ほれ、新しい門出を祝って乾杯だ」

男と湯飲みを合わせた。カチンと陶器が鳴る。

焼酎を飲んだら、胃にぽっと火が灯《とも》った。

敬次郎の中で、すべてのものがほぐれていった。

ララピポ

GOOD VIBRATIONS

第6話

1

その日も二十八歳のテープリライター玉木小百合は、口述テープの原稿起こしをしていた。業者から八万円で購入したテープレコーダーは、足で再生操作ができるペダルが装備されているので、効率よく仕事が進められる。足元に置いたペダルを踏めばポーズ機能が働き、パソコンに向かう両手が自由に使えるのだ。

もっとも機材を購入した業者は、仕事を斡旋《あっせん》するという約束を果たしていない。テキストとレコーダー一式を売りつけると、連絡を絶った。こちらから催促したら、電話口で「不況なんだよ」と凄まれた。雑誌広告だから信用したのに、どうやらインチキな会社だったらしい。だから今の仕事は小百合自身が開拓したものだ。つてを頼り、小さな出版社をクライアントとして得たのだ。

――「あ……」亜希の口から、ため息ともとれる呻《うめ》き声があがった。制服の下に隠された乳房は想像以上にふくよかで、ブラジャーの背中のホックを外すと、弾力でふわりと跳ねた。そして現れたピンクの乳首に、幸彦は軽く歯を立てたのだ。続いて両手で乳房をゆっくりと揉《も》みしだく。「ああ……」十七歳とは思えない、大人の反応だった――。

ヘッドホンからは、男の低い声が流れてくる。出版社から依頼された仕事は官能小説の原稿だった。西郷寺敬次郎という大仰なペンネームの作家の作品だ。以前から露骨さが売りのポルノだったが、最近はロリータ色まで加わってきた。やたらと女子高生が登場するのだ。小百合は、五十は過ぎているという作者のしわがれ声を聞きながら、ブラインドタッチでパソコンのキーをたたき、文字を打ち込んでいく。この仕事を始めて二年。六十分のテープを、およそ八時間で原稿に起こすことができる。報酬は四百字詰め原稿用紙換算で一枚二百円。主婦のバイトのようなギャラだが、副業もあるので女一人ぐらいは食べていける。

——おそらく時間をかけた愛撫の経験がないのだろう。これまで、若さに任せたセックスのみをしてきた。いま、四十一歳の幸彦に開発されようとしているのだ。幸彦は舌で乳首を転がした。同時に右手をパンティの中へと伸ばす。「ああ、いや……」亜希が身悶《みもだ》えした——。

最初は中年の男の声に嫌悪感を抱いていたが、次第に慣れた。小説誌のグラビアに載った作者は、ハゲでデブのさえない五十男だった。なにやら侘《わび》しげで、同情したのだ。それに小百合の心の中には、醜男《ぶおとこ》に陵辱されたいという願望が潜んでいた。若くてハンサムな男より、ランクの低い男の方が精神的にらくでいられる。小百合は百五十五センチの身長で体重が九十キロあった。自分のことはわかっている。

テープレコーダーを止め、打ち終えた文章を読み返した。下半身にぬくもりを覚える。小百合は腰を浮かせてスカートを下ろすと、右手でパンツの上からあの部分を擦《こす》った。次第に体が熱くなる。いつもこうだった。テープ起こしをしていると、つい欲情してしまうのだ。

目を閉じ、椅子の背もたれを軋《きし》ませ、体をのけぞらせた。左手で乳房を揉みしだく。半開きにした口からあえぎ声が漏れ、たちどころにエクスタシーに達した。

スカートを上げて、原稿をメールで送る。そうするともうやることがなくなった。時間はまだ正午前だ。

ベッドに転がり、天井を見た。どこかに出かけようかと思案する。と言っても、行くあてなどないのだが。

小百合は以前、小さな会社で事務員をしていた。とくに野心はなく、安い給料でも不満はなかったが、取引先の経営破綻《はたん》のあおりを受け、あっけなく倒産した。再就職を試みたものの、不況の折雇ってくれるところはなかった。面接に行っても、たいてい不採用となった。きっと容姿のせいだ。誰でもできるアシスタント的な仕事ならば、可愛い子がいいに決まっている。

職場を失うと同時に、人付き合いもなくなった。元々地味な性格で、友だちはいなかった。同年代の同性となど、もう何年も口を利いていない気がする。食事をするのも、テレビを見るのも、いつも一人だ。もっともそれを苦痛に思うことはない。人はどんな環境にも慣れるものだ。それに、まるで孤独というわけでもない。こう見えて、男に不自由することはなかった。露出の多い服を着て色目を遣えば、簡単に引っかかった。もちろんハンサムな若い男とは無縁だが、大半の男は案外女に不自由して、網にかかってくれる。

先週までは、杉山博という三十二歳の太ったフリーライターがボーイフレンドだった。この男は毎日のように小百合の部屋へやってきて、乱暴に体を求めた。ことが済むなり帰ろうとするので、もっと恋人同士の時間が欲しいと訴えたら急に怒りだし、出ていった。あれから一週間が経つ。とりたてて未練はない。また別の男を探せばいいだけのことだ。

　寝返りを打ち、腕を伸ばしてサイドテーブルの引き出しを開けた。中から預金通帳を取りだして広げる。残高は二百万円を少し割っていた。家計が逼迫《ひっぱく》しているわけではないが、少し心細くはある。フリーランスなので、お金はあった方がいい。

　小百合はベッドから降りると、胸が大きく開いたニットに着替えた。スカートはロングだが正面にスリットが入っている。上からブラジャーに手を突っ込み、乳房を持ち上げる。ドレッサーの前で髪を整え、濃いめの化粧をした。口紅は赤だ。

　とりあえずいつもの図書館に行くことにした。繁華街ではなかなか声がかからないが、図書館なら若い女が少ないので確率が上がる。それに気後れしないで済む。ナンパされたとき、家が近いという利点もある。

　マンションを出て、昼間の住宅街を歩いた。公園では同年代の主婦たちが小さい子供を遊ばせていた。自分にもああいう日が来るのだろうか、とたまに不安になる。二十五を過ぎたあたりから、結婚願望が強くなった。特別の才能も美貌もないとなれば、一人で生きていくのが年々苦しくなる。もっとも深刻に悩むというほどではない。小百合にはどこか開き直る部分があった。一人の人間の生きる意義なんて、六十億分の一ほどのものでしかない。そう思えば気がらくだ。

税金をふんだんに使ったと思われる豪華な図書館に入ると、まずは雑誌の閲覧コーナーで女性誌を手に取り、長椅子に腰を下ろした。それとなく周囲を見渡す。平日の昼間だけあって、老人と中年の主婦ばかりだった。隅の席で居眠りしている若い外回りの会社員が一人いたものの、ジャニーズ系の容貌で無理そうなので敬遠することにした。

さして興味のない記事を拾い読みする。時間があるのだから長編小説でも読めばいいのだろうが、そういう意欲はなかった。書物に感動したところで、余計に現実が虚しくなるだけだ。今の時間をうっちゃれればいい。

しばらくしたら制服姿の郵便配達員が現れた。仕事をさぼって休憩に来たようだ。四十代半ばくらいで腹が出ている。目が狐のように細くていかにも女にもてなそうだ。既婚者風だが、風采がさえないということは妻にも相手にされていない証拠だ。

この男にするか――。心の中でひとりごちた。醜男の方が都合がよいのも事実である。

小百合は雑誌を取り替えるふりをして、座席を移動した。郵便配達員の隣に、距離を置かずに腰かける。スカートのスリットから白い太腿《ふともも》がのぞき、男が思わず視線を向けたのがわかった。

小百合が咳払いをする。「ううん」という可愛らしいやつだ。香水の匂いと女の声で、たいていの男は性的な想像をふくらませる。案の定、郵便配達員は小百合を意識しはじめた。

ここで、男に太腿が見えるように足を組む。今度は男が咳払いをした。きっと頭の中は、戸惑いつつもセックスの期待に占拠されているはずだ。

小百合は立ち上がると、また雑誌の並べられたラックに行き、男が盗み見ているのを確認してから腰をかがめた。もちろん胸の谷間が見えるように、だ。

再び男の隣に戻る。「あら、これもう読んだやつだ」わざとらしくつぶやいた。男が顔を上げる。目が合ったところで小百合は「うふふ」とシナを作った。

「女性誌って、表紙が似てるから間違えちゃう」

「あ、そうですね。ははは」

男が照れたように笑う。話のきっかけがつかめればこっちのものだ。

「お仕事はいいんですか？」上目遣いに言った。

「あ、いや、局にいたって配達は夕方までは暇ですからね」

男は顔を上気させていた。やれそうな女が目の前にいれば、誰だって体を血が巡る。

「今日はお休みなんですか？」今度は男が話を振ってきたので、小百合は職業を明かし、「家がこの近くなんです」と誘う目で言った。「緑公園の隣の一階がコンビニのマンションなんですけど、わかります？」

「ええ、わかりますよ。ぼくの配達区域です」男が鼻の穴を広げている。

「じゃあいつも届けてくださってるんですね。うふふ」体をよじり、胸を両腕で寄せた。「今度よかったらお茶でも飲んでいってください。今からでもいいですけど。うふふ」

「え、いいんですか？」男が色めきたった。

「ちょうどよかった。おいしいコーヒーを知り合いからもらったばかりなんです」

小百合が言う。親しげに膝に手を置くと、男は生唾を飲み込んだ。半勃起ぐらいしていそうだ。きっとこのさえない中年男には、女に誘われるなんて初めての経験だろう。先に立って歩きだすと、男は湯気の出そうな顔でついてきた。

男は山田といった。胸の名札に書いてあるので、自己紹介される前に「山田さん」と呼んだ。部屋に入ると、コーヒーを飲みながら、小百合は膝を崩したり胸をテーブルに載せたりして挑発した。手を出さざるを得ないように、隣に移動して甘えた声を出す。すると山田が顔を赤らめながら、遠慮がちに切りだした。

「あのう、これ、普通の出会いと思っていいんだよね」

「どういうこと？」小百合が聞いた。

「いや、援助交際とか、そういうのだったら困るかなって」

「ちがうわよォ」笑って答えた。妻帯者なら警戒するのが当然なのだろう。そう言い終わるや、山田が抱きついてきた。床に組み敷かれ乱暴にキスされる。

「いやーん、ベッドで」

小百合は一旦山田を制すると、自分から服を脱ぎ、ベッドに横たわった。ここでないと角度的に都合が悪いのだ。

再び山田が飛びかかってくる。震える手で制服を脱ぎ捨てると、まるで子供のように小百合の乳房にむしゃぶりついてきた。「あーん」色っぽくよがり声を発する。

山田は愛撫もそこそこに、いきり立ったペニスを挿入しようとしてきた。

「ちょっと待って。ゴムを着けてえ」

あわてて手を伸ばし、サイドテーブルからコンドームを取りだした。手でペニスをしごきながら装着してやる。

「いや、なんか、おれ、信じられねえよ」四十男のくせに高校生のような口の利き方をした。

「もっとムード出してよォ」

「悪い、悪い。でもほら、こういうの、久しぶりだから」

山田がまた覆いかぶさる。挿入すると機関車のように腰を動かした。

「あ、あ、あーん」

小百合が声をあげると、その声に興奮した山田が乳房をわしづかみにした。パンパンと肉がぶつかり合う音が部屋に響く。

小百合と寝る男はたいてい乱暴に扱おうとした。きっと太っているから遠慮がないのだ。おかげで小百合は近年マゾヒストの気《け》が出てきた。嚙まれたりするとヒイヒイよがってしまう。

「おう、おう」山田は時折オットセイのような声を発しながら、無心で腰を振っていた。肌には汗が浮かび、てかてかと光っている。

「ねえ、今度はわたしが上になる」小百合が言い、山田を寝かせて跨《また》がった。手を取り、乳房をつかませる。一応体位のバリエーションはあった方がいい。

「おお、いいね、いいね。おねえさん最高だよ」山田は余裕を取り戻したのか、体を起こして乳房に顔を埋《うず》めた。だっこスタイルでしばらく上下に動く。ベッドがぎしぎしと揺れた。エクスタシーが脳天を突き抜ける。やっぱり生身の男がいい。たとえそれが醜男であろうとも。

最後は正常位でフィニッシュした。山田は小百合に覆いかぶさったまま、荒い息をついていた。

「ときどき来てもいいかな」満足そうに言う。久しぶりのセックスという感じに見えた。

「いつでも来てえ」

小百合は山田の頭を撫でながら、これでしばらくは収入が得られると心の中で安堵《あんど》した。二間続きのキッチンの棚には段ボール箱が置いてあり、小さく開けられた穴からはカメラのレンズがのぞいている。中にあるのは撮影用のDVDセット一式だ。

山田が帰っていくと、小百合は早速キッチンの段ボール箱を下ろし、中から録画されたDVDを取りだした。居間に戻り、デッキでモニターし、ちゃんと録画されていることを確認する。逆光気味だが、それが却《かえ》って生々しさを演出していた。これなら高く買ってもらえそうだ。

家を出て、今度は渋谷に向かった。行き先は、宇田川町の路地の古びたマンションの一室にある「正直本舗」というアダルトショップだ。

狭い階段を昇って鉄の扉を開ける。陳列棚には所狭しと商品が並び、天井からもランジェリーやSM器具が吊るされていた。さながらジャングルの様相だ。

「ああ、玉木さん。いらっしゃい」カウンターの店長が明るい調子で言った。三十代前半と思える痩せた男だ。いつもニット帽を被《かぶ》っている。

「新作、お持ちいただけたんですか」

「そうなんです。今日、撮れたばかりなんです」

小百合が答えると、店長は、「じゃあ、出来たてほやほやなんですね」と下司《げす》な笑みを浮かべ、遠慮なく小百合の体を眺めまわした。

「例のヒロシ君シリーズ？」

「いいえ、ちがう人です」

「ちがう人なの？　玉木さん、行動派だなあ。早速チェックさせてもらいます」

店長が相好《そうごう》をくずす。DVDを手渡すとカウンター内の機材にセットし、早送り再生をして見はじめた。ほかに客はいない。

小百合は、一緒には見たくないので店内の端で待つことにした。

「ねえ、玉木さん。この男、郵便配達のおっさんじゃないですか」店長が驚いている。

「はい。たまたま図書館にいたので」

「いいですよ、いいですよ。こういう制服姿がリアリティを増すわけですよ」

興奮している店長を尻目に、小百合は棚の商品に目をやった。そこには自分が隠し撮りしたDVDが並んでいる。モザイク処理がされていないので、いわゆる裏DVDだ。「デブ女と醜男シリーズ」はもう十巻を超えていた。

このタイトルには当初不満を抱いたが、店長の、「何を言ってるんですか、これは褒め言葉ですよ。マニアの間では玉木さん、スターなんだから」という言葉になんとなく丸め込まれた。

通常のアダルトビデオとちがい、顔を晒《さら》してもばれることはまずないとも言われた。パッケージには、小百合の顔が黒い目隠しもなく出ている。

この店と取引するようになってそろそろ一年になった。きっかけは、レディースコミックの広告でバイブレーターを通販購入した際、「プライベートビデオ高価買い取ります」のチラシが入っていて興味を抱き、問い合わせたことによる。「一部始終をちゃんと撮れていれば最低でも十万円」と言われ、試してみる気になった。お金に困っていたからだ。

レンタル店で機材を借り、当時肉体関係にあった近所の酒屋の主との一戦を隠し撮りした。それを持っていくと、映像を見た店長は表情を曇らせ、「言っちゃあ悪いけど、ルックスに難があるし、五万しか出せないよ」と値切ってきた。仕方がないのでそれを呑んだ。しかし数日すると、今度は向こうから電話がかかってきて「新作が欲しい」と言ってきた。どうやら太った女に欲情するマニアたちには、小百合はたまらないオカズらしい。たちまち値段が跳ね上がり、店長の態度も変わった。今ではVIP扱いだ。

「いやあ、玉木さん。これ、いいッスよ」チェックし終えた店長が上気した顔で言った。「本番もそうですけど、会話がたまらなくリアルなんですよね。みんなプロが編集したビデオに慣れてるから、却ってこういうのが興奮するんですよ。いいなあ、この郵便局のおっさん。玉木さんに抱きつく瞬間の表情なんて、鬼気迫るものがありますよ」

山田という郵便配達員も、まさか今日の情事が、モザイクなしでDVDになってアダルトショップの棚に並ぶとは思いもよらないだろう。どれくらいの数がダビングされるのかは、小百合自身も知らない。

「フリーライターのヒロシ君シリーズも人気があったんですが、これはセールスで上回るかもしれませんね。なんたって仕事をさぼっての情事というのが最高ですよ。初回はいつも通り二十万円で買い取らせていただきます。売れ行きを見て値を上げるということで……」

店長からお札の入った封筒を受け取った。テープ起こしの一月分に相当する金額だ。杉山博との交際では百万ほど稼《かせ》がせてもらった。

「玉木さん、ぼくからのリクエストなんですけど、次はバイブレーターを使ってもらえませんかね」店長が言った。

「えー。それは恥ずかしい」小百合がかぶりを振る。「どうやって言いだしていいかわからないし。相手にひかれたらいやだし」

「何を言ってるんですか、今さら。大丈夫ですよ、すけべそうなおっさんだし。玉木さんが頼めば鼻の下伸ばして乗ってきますよ」

最新式のバイブレーターを、半ば強引に押しつけられた。先っぽがうねるように動くタイプだった。

「じゃあ、期待してますから」店長に深々と頭を下げられた。小百合が大事に扱われるのは、この店でだけである。いい気持ちにさせてくれるのも事実だ。

帰りに東急東横店の地下食料品売り場で、松阪牛のステーキ肉二百グラムを一枚買った。D

ＶＤを撮れたときの自分へのご褒美だ。ついでにワインとチーズも買った。今夜は少し贅沢《ぜいたく》をしようと思った。

2

――幸彦は十七歳の亜希を組み敷くと、右手を伸ばし、パンティの上から肛門を撫でた。「いやん、恥ずかしい」亜希が顔を赤らめ、手で覆った。「怖がらなくていい。みんなやっていることだから」幸彦が耳元でささやいた。今日はアナルを開発するつもりだった。「そんな。ユミもカオリも、やったことなんてないはずよ」「馬鹿だな。隠してるだけさ。十代で経験しておかないと、あとが大変だよ」幸彦はパンティを脱がすと、体を反転させ、肛門に舌を這《は》わせた。「ああ、いやん」亜希がか細い声を出す――。

小百合はテープを停め、一息入れた。いつもの西郷寺敬次郎の官能小説だが、ここ最近はどんどんエスカレートしている気がする。やけに露骨で展開が強引だ。何か変わったことでもあったのだろうか。どうでもいいことだけれど。

コーヒーをいれ、クッキーをつまんだ。窓の外を眺める。すぐ前の公園では小さい子たちの歓声が響いていた。若いおかあさんたちはベンチでおしゃべりしている。それぞれがおしゃれでスタイルもよかった。みんな楽しそうだ。

軽い吐息をつく。小百合は子供のころからずっと太っていた。男子からはさんざん「デブ、デブ」といじめられた。やさしくされたことも、デートに誘われたことも、一度としてない。そのせいか、自ら線を引いてそこから外に出ないようになった。自分のテリトリーにいれば傷つくことはないし、誰からも攻撃されないで済む。

不思議なもので、長くそうしていると、ひきこもりめいた毎日も苦に思わなくなった。自分の世界にいれば、そこは王国だ。

電話が鳴った。出ると郵便配達員の山田だった。「午前中の配達が終わったんだけど、これから行っていいかなあ」と親しげに言った。

「もちろん。来てえ」小百合は甘えた声で返事した。これでまた二十万円だ。霜降り和牛のステーキが食べられる。


十五分ほどして山田がやってきた。ただし一人ではなく、若い同僚を連れての登場だった。玄関口で、背が低くて頭の悪そうな二十代の男が目尻を下げて突っ立っている。

「ほら、うそじゃねえだろう」山田が勝ち誇ったように言った。

「いやあ、マジだったんスね」若い男が体を揺すりながら、小百合を眺めまわしている。

「末吉屋のボトル、おまえが入れとけよ。賭けは賭けだからな」

「わかりました。でも、まさかなあ……」

「わかったら行けよ。おれはご休憩だから」と山田。

「係長、おれも混ぜてくださいよ」と若い男。

「馬鹿野郎。こっちに3Pの趣味はねえんだよ」

「いや、おれだって——。順番でってことですよ」

小百合を前にして、二人でなにやら揉めていた。

山田はしばし考え込むと、小百合を見てぎこちなく笑い、「じゃあ、図書館で待機してろ。あとで呼んでやる」と若い男を部屋から外に出した。

山田が上がり込んで居間に腰を下ろす。お茶をいれようとする小百合の腕をつかみ、「とりあえず始めちゃおうか」とぞんざいに言った。

「そんな、もっとムード出してよォ」小百合が冗談口調で口をとがらせる。

「いいじゃないの。割り切った関係なんだし。ね、ね」

山田はやに下がった顔で小百合を床に引き倒すと、乱暴にセーターを捲《まく》り上げ、ブラジャーをずらして乳首にしゃぶりついた。

「いやーん。ベッドでして」

「ベッドは狭いだろう」山田はすでに興奮しきっている。

「だめ。お願い」

なんとか起き上がり、自分からベッドに移動した。ここでないとカメラに入らないからだ。

「あ、そうだ。恥ずかしいんだけど……」小百合がサイドテーブルの引き出しから、バイブレーターを取りだす。途端に山田が目を輝かせた。

「小百合ィ。おまえはいけない子だ」いきなり呼び捨てになった。「うほ。うほほ」電源を入れ、くねくねと動くバイブレーターによろこんでいる。

愛撫もないまま足を開かされ、性器にバイブレーターを押し当てられた。心ならずも感じてしまう。「ああん……」小百合はよがり声を発した。

「ほら、どうしてほしいんだ。言ってみろ」山田の顔つきが変わった。目がイッている。「この売女《ばいた》め。毎日こうやって男をくわえ込んでいるんだろう」

「いや。もっとやさしくして」

「なあにが、やさしくしてだ。おまえみたいなブタ女はこうしてくれる」片足を持ち上げられ、バイブレーターを挿入された。「ほらほら、おまえが欲しかったものだ」声がだんだん大きくなる。荒っぽく出し入れされた。

小百合も陵辱されている気分になった。乱暴にされる快感が体を突き抜ける。「いやーん、いやーん」我を忘れて声をあげた。

「ああ、もう我慢できねえ」

山田がバイブレーターを放り投げ、小百合にのしかかった。「あ、だめ。ゴムを着けて」

「いらねえよ、外で出すから」力任せに押さえ込まれ、性器を挿入された。前回よりはるかに激しく腰を動かす。山田は汗みどろになっていた。パンパンと肉のぶつかり合う音が響く。

「おう、おう」またオットセイのような声を発していた。

五分ほどで、山田は射精した。それも小百合の顔の上だった。

「あー。おれ、いっぺん顔面シャワーっていうの、やってみたかったんだよな」

満足げに荒い息をついている。精液が入って小百合は目を開けられない。「ひどいー」抗議すると、山田は「悪い、悪い」と口の端で笑い、ティッシュで拭き取ってくれた。

「小百合は最高だなあ」山田がベッドから降り、勝手に冷蔵庫を開け、ペットボトルのお茶を飲んでいる。「ところで、さっきの若いの、小西っていうんだけど、図書館で待ってるから、このあと相手してやってくれない？」事もなげに言った。

「えー、そんなあ」小百合が頬をふくらませる。

「頼むよ。若いから好きなだけ搾ってやればいいだろう」

「うん、わかった……」

なんとなく押し切られた。まあいい。映像的にはおいしいのだから。

山田を見送り、急いでシャワーを浴びる。出ると、すでに小西がドアをノックしていた。

「玉木さーん、小包ですよ」そんな軽口をたたいている。

タオルを体に巻いた姿のまま招き入れる。小西は股間をさすりながら、「これが小包、けけけ」と下卑《げび》た笑みを浮かべた。

「おれ、本当はスレンダータイプが好みなんスけどね。ま、話のタネっていうか、何事も経験っていうか――」

小西がかなり失礼なことを言った。もっとも、この男も裏ＤＶＤの登場人物になってしまうことを思えば、たいして腹は立たない。

「聞きましたよ。オモチャがあるんでしょ？　おれにもやらせてくださいよ」

断りもなく引き出しからバイブレーターを取りだし、小百合をベッドに押し倒した。

「いやん、やさしくしてよ」小百合が頬をふくらませる。

「だめだめ。係長が言ってましたよ。乱暴にされるほど感じるんでしょう？」

小西が乳房をわしづかみにした。片方の手でバイブレーターを無理やり押し込む。続いてシックスナインの体位になり、フェラチオをさせられた。

「おらおら、よがってみろよ」小西が鼻の穴を広げて言う。声が少し震えていた。

どうして男たちはこうなのか。小百合に対しては、みなが支配者として振る舞おうとする。

「このスベタが。女なんてものは一皮剝《む》けばみんなこうなんだよ」

小西は一人でエキサイトしていた。何かに憑《つ》かれた感じに見える。子供がヒーロー物の主人公になりきっているかのように。

その後、性器を挿入してものの一分で果てた。呆気《あっけ》ないセックスだった。今度は胸にかけられた。またシャワーを浴びなくてはならない。

事が済むと、小西はおとなしくなった。よく見れば体は貧相で、あばら骨が透けて映るほどだ。

「小百合さん、またお願いしますね」小西は照れたように言うと、口笛を吹いて帰っていった。

早速、録画したＤＶＤをチェックする。撮れていたのでほっとする。ぼんやり眺めながら、小百合はうたた寝した。予期せぬダブルヘッダーにくたびれてしまったからだ。

「いやあ、いいッスよ、いいッスよ」

夕方、正直本舗に行くと、店長は隠し撮りしたDVDを再生して興奮気味に言った。

「二回目にして早くも新キャラクター登場じゃないですか。いいなあ、この小西って小男。いかにもコンプレックスの塊って感じで。きっと同年代の女の子には見向きもされないんだろうなあ。その怒りを玉木さんにぶつけてるわけですよ。玉木さん相手なら気後れしなくていいものだから」

「はあ……」小百合は生返事をした。褒められているのか、けなされているのか、よくわからない。

「四十男の山田にしても、職場でも家庭でも威張る相手がいないんですよ。だから、玉木さんみたいな言うことを聞く女が現れて有頂天になってるわけ。いいなあ、三流の人生を送る男たち」

小百合は黙って聞いていた。なんとなく、昼間の二人に同情してしまう。

「とにかく、この郵便配達員シリーズは、前回のヒロシ君シリーズ以上にヒットしますよ。すでに予約も入ってるんですよね。中には玉木さんにぜひ会いたいってファンまでいて——。玉木さん、うちではちょっとしたアイドルですよ」

店長は上機嫌でまくしたてると、現金で四十万円を支払ってくれた。いつもの倍の金額に、小百合が目を丸くする。

「こんなにもらっていいんですか?」

「謙虚だなあ、玉木さんは。必要とされてるんだからもっと自信を持っていいですよ。あ、そうだ。手錠、口枷《くちかせ》、首輪、乳出しブラとかいろいろ揃えたんで、持っていってください。無料で進呈します。ぼくの勘ですが、今回の男どもは間違いなくエスカレートしますよ。そういうの、見たいなあ。あはは」

明るく笑って、紙袋を押しつけられた。仕方なく受け取る。店長は早くも手書きのポップを作っていた。「デブ女と醜男シリーズ／昼下がりの郵便配達員第2弾いよいよリリース」という文字が躍っている。彼らは、自分たちの狂態が他人に鑑賞されることを知らない。ポップがレジ横に貼られるのをぼんやり眺めていた。

ともあれ、金を稼げたのはいいことだ。この調子でいけば、マンションの頭金ぐらいは貯められるかもしれない。

帰りに渋谷の街を歩いた。なんとはなしに、行き交う人を観察する。ファッションの街だけあってみんなおしゃれだが、本当にかっこいいのはごく少数だった。大半はその他大勢で、二割程度は華やかな景色を壊す異物が混ざっている。それは単純な美醜ではなく、全体から醸しだされる雰囲気がさえないのだ。人から見れば、自分もその仲間なのだろうけれど。

この人たちはどうしてるのかな――。ふとそんなことを思った。世の中には成功体験のない人間がいる。何かを達成したこともなければ、人から羨《うらや》まれたこともない。才能はなく、容姿には恵まれず、自慢できることは何もない。それでも、人生は続く。この不公平に、みんなはどうやって耐えているのだろう。

あちこちから賑やかな音楽が流れてくる。まるで街全体が、無理矢理明るく振る舞っているかのように。

小百合は人ごみを避けながら進んだ。小百合に関心を示す人間は誰もいない。

白人とぶつかった。レディファーストの国の男性らしく、口元に笑みを浮かべて「ソーリー」と謝罪された。「こちらこそ」と小百合も会釈を返す。

「ララピポ」白人が肩をすくめて、ハミングするように言った。

「ララピポ？」

「トウキョウ、人ガタクサン」たどたどしい日本語で言い直した。

ああそうか、「a lot of people」と言ったのか。早口なのでララピポと聞こえた。

再び笑みを交わし、別れた。

いつものように、東急東横店の地下でステーキ用の肉を買って帰ることにした。

3

郵便配達員たちは遠慮というものを知らなかった。また別の同僚を連れてきたのだ。今度は三十歳のおとなしそうな男だった。じっとうつむき、小百合と目を合わせない。いかにもオタクといった感じだ。

「こいつ、高橋っていって、彼女いない歴三十年。趣味はアニメのフィギュア作り。ボーナスが出ると一人でソープに行く暗い野郎なわけ」山田がうれしそうに言った。「シロウト童貞らしいから、小百合に面倒見てもらおうと思ってさ。ほら、挨拶しろよ」頭をポンとたたく。

「あ、どうも」高橋がぼそっと声を発した。笑うと顔がひきつっていた。

「先輩、いいなあ。これでソープ代が浮くじゃないですか。ぼくらになんか奢《おご》ってくださいよ」

　年下の小西までからかっている。どうやら職場で馬鹿にされているようだ。

「さてと、じゃあ、あとは高橋に楽しんでもらうか」山田が腰を浮かしかける。「え、係長はやっていかないんですか？」小西が意外そうに言った。

「今日は休み。おまえらみたいに毎日オーケーってわけにはいかねえんだよ。歳だしな」

「おれはやりますよ」と小西。

「好きにしろ。でも高橋に先にやらせろよ。一応年長者なんだし」

「おれ、先がいいなあ。高橋先輩のナニを舐《な》めた口かと思うと……」

「小百合にうがいさせりゃあいいだろう。おまえも先輩を立てな」

「じゃあジャンケン。それでいいでしょ？」

　高橋がうなずき、ジャンケンをした。高橋が勝った。

「ちえっ。先輩、フェラはなしで頼めないッスかね」

「うーん。でも、おれ、やってもらうの好きだから……」と高橋。

　小百合は三人のやりとりを黙って見ていた。まるで自分は物だ。

山田と小西が部屋を出て行き、無口な高橋が残った。小百合に話しかけることもなく、ベッドに腰かけている。

「あのう、するのなら服を脱がないと……」仕方がないので小百合から切りだした。

「ああ、そうだね。あはは」

高橋はぎこちなく笑うと全裸になり、自分からベッドに寝転がった。それも仰向けで、腕を頭の下で組んでいる。

小百合は訝《いぶか》った。どういうつもりなのか。いきなり上になれということなのか。

戸惑っていると、「ええと、ここはナマでもいいんだよね」と高橋が言った。

ああ、そうか。この男はシロウト童貞だと山田が言っていた。風俗で施してもらう経験しかないのだ。まったく、いい歳をして――。

異議を唱えるのも面倒なので、小百合は跨ってフェラチオをしてやった。「おー、おー」高橋がよろこんでいる。まるで子供だ。

「あのさ、もっと強くしてくれる？　舌で尿道をこじ開ける感じで」

高橋は一丁前に注文までつけた。

「ねえ、わたしばっかりじゃない。お金取るわよ」小百合が冗談半分に言った。

「えー、そんな。山田さんには五千円払ってるのに」と高橋。

なんということか。山田は高橋から紹介料を取っていたのだ。怒るのを忘れて呆《あき》れてしまう。

なんだか、やる気をなくした。でも隠し撮りのカメラが回っているので、見せ場も作らなければならない。

小百合はアダルトショップでもらってきた紙袋から手錠を取りだし、高橋の手にはめた。

「お、お。こういうのもあるわけ？」目を輝かせている。

ついでにボール付きの口枷をはめてやる。「うー、うー」うれしそうにうめき声をあげた。

手で性器をしごいてやる。口を利けない高橋が身をよじっていた。

この男は結婚できるのだろうか。そんな詮無《せんな》いことを考えた。どうでもいいか。この部屋に来る男たちは、全員が落ちこぼれだ。

紙袋の中にアナルバイブを見つけ、小百合の中で不意に残酷な気持ちが湧いた。男におもちゃにされたことはあるが、したことはない。

その前にロープで手錠をベッド上部の木枠に固定した。高橋はバンザイをした恰好《かっこう》だ。小百合は高橋の片足を持ち上げ、自分の膝でもう一方の足を押さえ、アナルバイブを肛門に差し込んだ。

「うー、うー」高橋のうめき声が大きくなる。懸命に抵抗しようとした。

「じっとしてなさいよ！　世の中、甘くはないんだよ！」

小百合は怒鳴りつけて、お尻をぴしゃりとたたいた。同時に、そういう行動を取った自分に驚いた。声を荒らげたことも、手を出したことも、ほとんど記憶にない。

バイブを肛門に入れたまま、乱暴に性器をしごいた。高橋のそれは真っ赤に充血してそそり立っている。

「おら、おら。ちゃんと感じてんじゃねえか。この変態オタク野郎が！」

自分の人生で、人を罵《ののし》ったのはきっと初めてのことだ。

調子が出てきて、高橋の顔の上に座り込んだ。口枷のボールがうまい具合にクリトリスを刺激し、快感が湧き起こってくる。「うぐぐ」高橋は苦しそうだ。ばたばたともがいている。おっと、窒息死させてはいけない。

最後は騎乗位で腰を振った。これまでとは種類のちがうエクスタシーを覚えた。

セックスが終わり、手錠を外してやると、高橋は呆《ほう》けたような顔をして「こういうのもいいね」と感想を漏らした。

「また来てもいい？」と高橋。

「いいわよ。でも五千円はこっちに払ってね」と小百合。

「いいよなあ、小百合さん。五千円ってところが。これが一万円だと悩みどころだもんね。今日び一万とちょっと出せば、もっと若くて可愛い子に抜いてもらえるし……。あはは」

高橋が屈託なく笑っている。この男は生涯恋愛とは縁がないだろうと思った。異性から一度も好意を寄せられることもなく、この先も生きていくのだ。

高橋が帰っていくと、入れ替わりに小西がやってきた。「ねえ、ねえ。先輩、どうだった？包茎って噂だけどどうだった？」にやけた顔で、しきりに高橋との情交を知りたがった。

そして床に散らばったロープや手錠を見つけると、飛び上がらんばかりによろこび、それを手にした。

「この淫乱デブが。おまえはこういう女だったわけか」

目つきが変わり、ベッドに乱暴に縛りつけられた。口にはボール付きの口枷をはめられているので、声を出すこともできない。

「こらァ、ロースハムにしたろかァ」

また何かにとり憑かれているようだ。痩せた小男が、つかの間の支配者になっている。

小百合はSとMを連続して体験することとなった。その両方で、感じてしまったのだけれど。

「デブ女と醜男シリーズ」の「昼下がりの郵便配達員シリーズ」は、マニアの間で評判を呼びはじめていた。詳しい数字は教えてくれないが、この手のフェチ物としては異例のベストセラーらしい。店長もホクホク顔だ。

「キャラクターがいいんですよ。出世の見込みのない四十男と、おたくでイケてない三十男と、チビでコンプレックスの塊みたいな若者でしょ？　ピラミッドの底辺総登場って感じで」

「はあ」小百合が生返事をする。そう言うなら、自分も底辺だ。そして目の前の店長も。

「連続ドラマの趣なんですよね。この先、山田がどれだけ威張るか、小西がどこまでエスカレートするか、見てる方も期待しちゃうんですよ。楽しみが多いなあ、このシリーズは」

支払われた金額は五十万円だった。「期待料も込みということで」上機嫌でうしろから肩を揉まれた。自分が大切に扱われる、唯一の瞬間だ。

それにしても、五十万円とは。風俗で働いたとしても、一日では絶対に得られない金額だ。

弾《はず》んだ気持ちで渋谷のセンター街を歩いていると、松葉杖をついた若い男に声をかけられた。

「ねえ、おねえさん。ちょっとだけ話聞いてくれない？」

男が軽い調子で言う。男は頭にも包帯を巻いていた。見るからに痛々しい。

「ずばり言うよ。おれ、アダルトビデオのスカウトやってんの。おねえさんなら月に百万は稼げると思うよ」

「えー、わたしなんかァ」小百合は笑って答えた。スカウトされるなんて生まれて初めてだ。脈があると思ったのか、男が前に回り込む。

「怒らないで聞いてほしいんだけど、ふくよかな女の人って結構需要があるのよ。そこの交番のあるビルに事務所があるんだけど、そこで一度話させてくれないかな」

「だめです。そんなの出る気ありません」即答で断った。だいいちすでに裏ＤＶＤに出ているのだ。

「じゃあ名刺だけもらってくれない。ね、お願い」

強引に押しつけられた。そこには「栗野健治」という名前が印刷してあった。

「一回電話してよ。あなたとおれの唯一の糸。あなたが電話くれないとこの糸はプツンと切れちゃうわけ。ああそうだ。誰だかわからないといけないから、おれが電話に出たら『渋谷の井上和香です』って名乗ってね」

「うふふ」男の調子のよさに、小百合は吹き出してしまった。「ところで、足はどうしたんですか？」松葉杖を指差して聞いた。

「交通事故。道路に飛び出して撥《は》ねられて骨折。気絶してさ、死ぬかと思ったよ」

男はあくまでも明るかった。治療費を稼ぐためにもスカウトに精を出すんだと、健気《けなげ》なことを言っている。アダルトビデオのスカウトなのに、不思議と腹は立たなかった。この男は、前向きに生きている。

名刺はバッグにしまった。気が向いたら電話してやってもいい。人に請われるというのはいいものだ。

その夜遅く、国道の向こう側の住宅街で火事があった。派手なサイレンが遠くで鳴っている。小百合は自宅マンションの窓から黒い煙が上がるのを見ていた。

災難だな。アカの他人のことなのに同情した。闇夜を切り裂いて空が赤くなっている。あの下には、大変なことになっている人間がいるのだ。

4

翌日、テープ起こしをしている出版社の編集者から電話がかかってきた。官能小説家、西郷寺敬次郎の原稿がこの先入りそうもないので、当分は仕事を回せないという連絡だった。

「何かあったんですか？」小百合が聞くと、編集者は「あの馬鹿おやじ、行方をくらましたんですよ。女子高生相手の淫行《いんこう》で捕まりそうになって」とぞんざいに言った。

「昨日、警察から問い合わせがあって、こっちは大笑い。馬鹿だよなあ、おとなしく捕まれば罰金程度で済んだのに。ま、そのうち出てくるでしょう。あの歳でやり直しはきかないだろうし。そのときはペンネームを変えさせて、またスケベな小説を書いてもらいますよ。ははは」

編集者が乾いた笑い声を発する。詳細は不明だが、西郷寺敬次郎は、ずいぶん恥ずかしいことをしでかしてしまったようだ。会ったこともない人だけれど。

テープリライターとして失業したことに、小百合は吐息をついた。まあいい。どうせ安い料金だったし、今は裏ＤＶＤの収入で潤っている。

することがなくなったので、テレビをつけた。ワイドショーをやっていて、昨夜の隣町の火事を報じていた。燃えたのは近隣に悪臭を放っていた「ゴミ屋敷」で、どうやら放火事件らしい。おまけに、全焼した民家からは老女の白骨死体が発見されていた。

画面では、女のレポーターが現場から中継していた。

「目撃者がいたため、犯人は近くのアパートに住む二十六歳のカラオケボックス店員とすぐに判明したのですが、その店員はアパート自室で頭部に怪我を負った状態で発見され、現在病院に搬送されています。店員は警察の取り調べに対して、『全焼した民家の主婦から頼まれて火をつけた』と供述していて、謎が深まっています」

うれしそうにマイクに向かってしゃべっている。

当の主婦というのは、夫に救出され、病院で手当てを受けているのだそうだ。白骨死体というのは、夫の母親らしい。主婦は「心当たりがない、何も知らない」と言い張っている。

なにやら複雑そうだ。いろいろな人間がいたものだ。

スイッチを切って服を着替えた。退屈なので図書館にでも行こうと思った。

いつもの図書館に行くと、雑誌閲覧コーナーで山田と小西と高橋が並んでうたた寝をしていた。間抜け面が三つ並んでいる。

目を覚ました山田が小百合を見つけ、いやらしい笑みを浮かべて隣に来た。

「よお、小百合。このあと行こうと思ってたんだよ」人目を盗んで乳房を揉んだ。

「もう。こんなところでしないで」小百合が身をよじる。

小西と高橋も起きてきた。三人に囲まれる。

「係長、今日はどういう順番ですか？」と小西。

「馬鹿野郎。おれが最初に決まってるだろう」山田が凄むように言った。

「じゃあおれは二番手ですね」

「いや、こういうのは入局年次順でいくのがいいと思うけど」

高橋が口をはさんだ。前回の経験ですっかり図々しくなったようだ。

「先輩、おれに最後に回れって言ってるんですか？」小西が気色《けしき》ばんだ。

「いいじゃないか、小西君は若いんだし」

「どういう関係があるんスすか」

「あとになれば小百合も疲れるだろうし、その場合は若い人の方がフォローできると思うんだよね」

「わけわかんねえッスよ。先輩、調子に乗り過ぎなんじゃないですか？　おすそ分けをしてもらってる身で、そういうこと言うかなあ」

「おい、こんなところで揉めるんじゃねえ」山田が声をひそめて言った。

「だったら小百合に決めてもらおうよ」高橋が言った。今やこの男までが呼び捨てだ。

「なんなら三人まとめてやったら？」小百合は投げやりに言った。どうでもいいのと、裏ＤＶＤのバリエーションが増えるのと、半々の気持ちだ。

「それは勘弁してくれよ。おれ、そういうの苦手なんだよ」山田が手を目の前で振った。

「ぼくも、どちらかというといやかな」と高橋。

「先輩は包茎だからでしょう。へっへ」小西がほくそ笑む。

「ちがうよ。何言ってんだよ。おい小百合、ちがうって小西に言ってやってよ」

小百合はため息をついた。この男たちの程度の低さはいったい何なのか。神様はどういう目的で彼らに人生を与えたのだろう。

そのとき、頭上に影が降りかかった。見上げると、中年の女が立っていた。

「山田さん、高橋さん、小西さん。ここで何をしているのですか？」

三人の顔色がなくなった。女は郵便局の制服を着ている。眼鏡をかけ、化粧は地味で、全体に厳格な印象があった。

「地域の方からお電話をいただきました。いつも郵便配達員が図書館で居眠りをしてソファを占拠し、大変迷惑を被っておられるそうです。わたしは局長としてとても恥ずかしく思います」

そうか、女の上司なのか。三人はさぼっている現場を押さえられたのだ。

「失礼ですがあなたは？」局長が小百合に向かって言った。

「ええと、近所の住人で、ここの利用者です」

「この三人は何か失礼なことをしませんでしたでしょうか」

「あ、いいえ……」言葉に詰まった。「何も……」そう答えておいた。

「三人とも外に出てください」冷たく言い、踵《きびす》を返した。山田たちが硬い表情であとをついていく。身を乗りだしてのぞくと、三人はエントランスの軒下で整列させられ、叱責を受けていた。通行人が何事かと眺めている。

何もこんなところで叱らなくてもいいのにと、小百合は同情した。もっともこれは懲罰だ。給料をもらうとは、こういうことなのだ。

小西と高橋はうなだれていて、山田は、つっぱり中学生が教師に叱られているように不貞腐《ふてくさ》れていた。少なくとも、四十男の態度ではなかった。山田は出世をとうにあきらめている。

三人はこれからも部屋に来るのだろうか。少なくとも昼間は無理そうだ。夜だと照明がいるな。蛍光灯は薄暗いので、白熱灯に換えた方がいいかもしれない。そんなどうでもいいことを思った。

局長に従えられ、三人は職場に戻っていった。できない男たちが、ぞろぞろと歩いていく。

見るのが申し訳なくて、小百合は目をそらした。自分が男に生まれていたら、あの中の一人だったかもしれない。無能で、志もなく……。けれど能力は自己責任なのだろうか。小百合には、到底そういう考え方はできない。

しばらく図書館にいた。雑誌をめくっても、活字が目に入ってこなかった。

夜になって山田が一人でやってきた。「やってらんねえよ」口を歪《ゆが》めてそう吐き捨て、乱暴に小百合の体を求めてきた。

小百合はやさしい気持ちになって、山田を慰めてやった。求められるままに肉体をゆだね、こちらからも愛撫を繰り返す。山田とのセックスで初めての一体感が得られた。

事が終わると、山田は盛大に愚痴をこぼした。

「あのクソ女、おれより年下なんだよな。亭主は公社の管理職で、夫婦揃ってエリートコースに乗ってやがんの。あの女にすればおれらなんか虫みたいなもんなのさ。くそったれが、人を見下しやがって」

小百合は黙って冷蔵庫からビールを出した。栓を抜いてコップについでやる。

「昼間なんかどうせ暇なんだから、どこで何をしてようと勝手じゃねえか。それを、なんでもかんでも管理しようとしやがって――。おい、小百合。なんかツマミはねえのか」

「ソーセージくらいしかないけど」

「それでいい。持ってこい」

山田が乱暴に言った。小百合は頰をふくらませる。なんだ、こっちに八つ当たりすることはないのに。

「罰として午前の配達が終わったら一週間トイレ掃除だとよ。ふざけるんじゃねえよ。この歳になってそんなことができるか」

「まあ、でも一週間の辛抱だから」一応なだめた。

「うっせえ。死んでもやるか。高橋に押しつけてこっちは高みの見物《けんぶつ》よ」

「そんなの、高橋さんが可哀想じゃない」

「なんだ、おまえ。あいつに気があるなんて言うなよ」

「そんな……。ねえ、もしかして妬《や》いてくれるわけ？」

「馬鹿野郎。鏡見てものを言えよ。おまえみたいなデブに誰が焼餅なんか妬くか」

あまりのひどい言葉に小百合は絶句した。もっとも裏ＤＶＤになることを思えば、おいしい台詞《せりふ》なのだけれど。

そのときドアチャイムが鳴った。ずいぶん乱暴な鳴らし方だ。玄関まで行って「どなたですか」と聞くと、「おれだけど」という低い声が聞こえた。小百合はあっと思った。この声は杉山博だ。十日ほど前まで付き合っていた三十二歳のフリーライターだ。

「開けてくれよ」杉山が言った。

まずいことになった。このままでは山田と鉢合わせしてしまう。しかも自分はネグリジェ姿だ。

まあ、でも、映像としては面白くもあるか——。小百合は自然と鑑賞者のことを考えるようになっていた。

ひとつ深呼吸をしてドアを開けた。疲れた様子の杉山が立っていた。この男も自分に劣らずデブだった。首など探すのがむずかしいほどだ。

杉山が三和土《たたき》の男物の靴を見つけ、視線を上げた。小百合越しに奥をのぞき込む。

「おい小百合、誰だ、あの男は」血相を変えた。

「ちがうの。博さん、ちがうの」小百合は懸命にかぶりを振った。演技が五割ほど入っているけれど。

「この淫売が。おれがいなくなって早速別の男をくわえ込んだのか」

「そうじゃないの。話を聞いて」

杉山は小百合を押しのけると、部屋に上がってきた。

「あ、いや、何かな」山田があわてている。「おれは関係ないんだけど」そう言って腰を浮かしかけた。さっきまでとはうって変わった甲高《かんだか》いトーンだ。

「うるせえ、この間男が」杉山が声を荒らげた。

「待って、博さん。お願いだから」小百合が腕をつかむ。杉山は「やかましい」とその手を振り払い、山田に迫った。

「ちょっと、おにいさん、冷静になろうよ。おれはただ図書館でスポーツ新聞を読んでたら、そこのおねえさんが——」

「やかましいって言ってんだろう」杉山は山田の胸倉をつかみ引き寄せた。

「ちょっと、小百合さん、これどういうこと？」山田が情けない声をあげている。

「うるせえっ」

杉山が山田を殴りつけた。床に倒れ込む。

「痛《いて》えな、おい、何をするんだ。やめろよ」

杉山は興奮の極致にあるようで、暴行をやめなかった。今度は回し蹴りが山田の顔面に当たる。

「おい、立て。このくそオヤジが」

「……にいちゃん、しゃれにならんぞこれは」

山田が立ちあがる。顔つきが変わっていた。テーブルにあるビール瓶を手にする。負けじと杉山もガラス製の灰皿をつかんだ。

「お願い、二人ともやめて」小百合は割って入ろうとしたが、簡単に弾き飛ばされた。

山田がビール瓶を振り上げて飛びかかる。たちまちもつれ、二人で床を転がった。

「やめて、お願いだからやめて」小百合の目から自然と涙が出てきた。「わたしのために喧嘩なんかしないで」不思議な気分の昂《たか》ぶりがあった。二人の男が、自分を取り合っている。生まれて初めての経験だ。

「みんなわたしが悪いの。だから争わないで」

自分でも驚くほどの逼迫した声をあげていた。

なぜか杉山も泣きだした。大の男が、床に手をつき、ポタポタと涙を垂らしている。小百合は感激した。これは真実の涙だ。

「何だよ、このにいちゃん。頭がおかしいんじゃねえのか」山田がたじろいだ。ビール瓶を捨て、玄関へと走っていく。「冗談じゃねえよ。デブが二人で何やってんだよ」捨て台詞を吐いて逃げていった。

もう山田たちはこの部屋に来ないだろう。でもいい。自分には杉山がいる。

「博さん」小百合は跪いて杉山を抱きしめた。「そんなにわたしのことを愛していてくれたのね」

杉山は口を利くこともできず、ただ泣きじゃくっていた。

「ごめんなさい。あなたがいなくなって、わたし淋しかったの。あんな男、好きでもなんでもないの」

杉山の手を取り、ベッドへと導いた。本能的にカメラの位置を気にしている。小百合はネグリジェを脱ぎ捨て、全裸になった。「わたしの胸で泣いていいのよ」母親のように杉山の服を脱がせてやった。

杉山が泣きながら、小百合にのしかかってくる。まだ硬くなってもいない性器を押し当ててきた。

「いいのよ、博さんの好きにして」

杉山は半勃《はんだ》ちのまま、挿入した。何事かわめいて腰を動かしている。

「いいわ、とってもいいわ」

杉山が小百合の首を絞めた。真似だけかと思ったら、力がこもっていた。

「ちょっと……いや……」

振りほどこうとしたが、女の力ではびくとも動かない。恐怖を覚え、懸命にもがいた。それでも逃れられない。

そんな馬鹿な。どうしてこうなるのか。視界が磨《す》りガラス越しのように霞む。意識が遠のいていく。

こんな事態なのに、エクスタシーを感じた。下半身の火照《ほて》りが、全身に染み渡っていく。

これで死ぬの？　自問した。まあいいか。この先いいことがあるとも思えないし。

華のない二十八年間だったな。今度生まれるなら、絶対美人がいい。みんなからちやほやされてみたい。

本格的に痺《しび》れてきた。生と死の臨界線が実感としてわかった。自分は向こう側へ渡ろうとしている。感覚が、消えかけた。

だめだ。やっぱりだめだ。小百合の中で意識が蘇《よみがえ》った。隠し撮りのカメラが回っている。このまま死んだら、段ボール箱の中の録画機材が発見される。親兄弟にそれを見られる。全裸で、男に首を絞められている姿を——。

気がついたら、床にうずくまって咳をしていた。嗚咽《おえつ》ともいえる激しい咳だった。涙もポロポロとこぼれてくる。

ベッドの上では、杉山が茫然自失《ぼうぜんじしつ》の体《てい》でしゃがみ込んでいた。自分の両手を見つめ、信じられないという顔をしている。

小百合は呼吸がうまくできず、五分以上咳き込んだ。杉山はずっと口が利けないでいる。

自分で胸を何度もたたき、やっと気管支に空気が通った。小百合はよたよたと歩いて、冷蔵庫からペットボトルのお茶を取りだし、少しだけ口に含んだ。そろりと飲み込む。

「何するのよ」振り返り、かすれ声で言った。

杉山は目を合わせようとしない。蒼白の面持ちで子供のように震えていた。

「わたしを殺そうとしたでしょ」

杉山がかぶりを振る。

「うそ。殺そうとしたわ。もう少しでわたしは死ぬところだったのよ」

ベッドに戻り、問い詰めた。杉山の肩をつかみ、強く揺すった。

「わわわわ」杉山がわけのわからない声を発した。小百合には目もくれず、ベッドから降り、震える手で服を着はじめる。

「ちょっと待ってよ。博さん、何か言いなさいよ」

杉山が上着を手に持ち、玄関へと駆けだした。

「待って。ねえ、待ちなさいよ」

ドアが乱暴に閉められた。廊下を駆けていく足音が聞こえた。

全裸であることに気づき、小百合は服を着た。パンツを穿《は》き、ネグリジェを頭から被ったところで膝が崩れた。腰が抜けたからだ。

生きててよかった。しばらく放心状態でいた。うまく頭が回らない。これはトラウマになるのかな。そんなことをぼんやりと思った。

キッチンの棚に置かれた、段ボール箱の小さな穴が目に留まった。

ああ、そうか。まだ回っているのか。カメラを停めなければ。これは買い取ってもらえるのだろうか。

その夜は何も考えられなかった。


「いやあ、玉木さん。これ、凄いッスよ」

翌日、正直本舗の店長は興奮しきって言った。じっとしていられない様子で、店内を歩きまわり、立ち止まっては小百合の肩を揺さぶった。

「カンヌに出品したいくらいですよ。裏ＤＶＤを超えた迫真のドキュメンタリーですよ」

「はあ、そうですか」小百合は戸惑い、立ち尽くしていた。

「ヒロシ君、再登場かあ。いいなあ。このデブもキャラが立ってるなあ。どうせ世間で相手にされず、玉木さんの元に戻ってきたわけですよ。慰めてくれるのは玉木さんだけだって――。で、そこにいたのは郵便配達員の山田でしょ？　しかも上司に叱られて不貞腐れている情けない四十男。ドラマだなあ。登場人物全員が負け組。さらにはこのシリーズを待ちわびているマニアも負け組。ルーザーの祭典ですよ。いやあ、世界中の人に見せたいなあ。東京の片隅に、こんなにも凄まじい負け組のドラマがあることを知らせてやりたいなあ」

「あのう、これも買ってもらえますか」小百合が遠慮がちに聞いた。

「もちろんですよ。また五十万円で買い取らせていただきます」

店長は、手の切れるようなお札で払ってくれた。小百合が安堵する。また新たなカモを探さなくてはならないが、当面はこれで食べていける。

「ところでこのヒロシ君、殺人未遂になるだろうし、玉木さん、慰謝料を取る気はありません？　証拠のＤＶＤを突きつけて」

「えっ、慰謝料？」小百合は困惑した。そんなこと、考えてもいない。

「たくさん取れますよ。なんなら強面《こわもて》の知り合いを紹介してもいいし。そいつ、この界隈でキャバクラやＡＶのスカウトをやってる男だけど、元暴走族だから頼りになりますよ」

「そんな……、だいいち博さんはお金持ってないですよ」

「平気、平気。闇金から金を借りさせて、タコ部屋にでも送り込めばいいわけですよ。若いんだし、二百万ぐらいなら値はつきますよ。あがりは折半。玉木さんの取り分は百万」

「うーん……」

小百合は考え込んだ。百万かあ。それは確かに魅力だ。

そこへ女子高生が数人で現れた。「店長、パンツ買ってー。きゃははは」娘たちがけたたましい声をあげ、店内はたちどころに騒々しくなった。

「わかった、わかった。そこのカーテンの奥で脱げ。いつも通り二千円だからな」店長が応じる。

「三千円にしてよー。三日穿いたやつだから」

「だめ、だめ。最近は供給過剰なの」

「ちぇっ。ケチー」

女子高生はあっけらかんとパンツを脱ぐと、ビニール袋に入れ、カウンターに差しだした。

「ねえ、店長。おとといカラオケボックスでマッポにパクられちゃったよー」一人の女子高生が言う。

「おまえら何やったんだ」

「ウリだよ、ウリー。親まで呼ばれて夜まで説教されたよー」

「それは災難だったな。よーし、顔写真撮るぞ」

店長がポラロイドカメラを構え、娘たちのスナップ撮影を始めた。「イエーッ」みんな明るくピースサインをしている。どうやら写真はパンツに添えられるらしい。小百合は呆気にとられて見ていた。

「おとといの変態おやじさあ、パンツ一丁で逃げたやつ。さっき宮下公園で酒飲んでたって。ポンちゃんが見かけた。あいつ、ホームレスでやがんの」

「うそー。あのハゲ、ホームレスなんだ」

「作家だなんてフカシこきやがって。頭くるなー」

女子高生たちのおしゃべりは止まらなかった。まるでヒヨコだ。きっと脳味噌もヒヨコくらいの容量だろう。

「ねえ玉木さん。さっきの話、どうします?」店長が声を低くして聞いてきた。

「ああ、慰謝料ですね……」小百合はひとつ咳払いをした。「やめておきます。気乗りしないし」物騒な話はいやだ。それに、杉山には充分稼がせてもらった。

「あ、そう。ま、いいッスけどね。気が向いたら言ってください。いつでも取り立てる人間を紹介しますから」

店長はそう言うと、また女子高生の相手をしはじめた。

「おまえら、女子高の体操着でも持ってこいよ。マニアがいるぞ」

「うそー、じゃあパクってくる。いくらくれるのー」

彼らのやりとりを聞きながら、小百合は店を出た。

渋谷の街を歩く。道行く人たちをぼんやりと眺めた。みんな、どんな人生を送っているのだろう。みんな、しあわせなのだろうか。

考えるだけ無駄か。小百合は鼻息を漏らした。泣いても笑っても、どの道人生は続いていくのだ。明日も、あさっても。

夕方だけあってたくさんの人の群れだった。数日前、白人が歌うようにつぶやいた言葉を思いだす。「ララピポ」小百合は口に出して言ってみた。

東急東横店の地下で、いつものステーキ用の肉を買って帰ることにした。

[著者紹介]
奥田英朗
1959年岐阜県生まれ。98年『ウランバーナの森』(講談社文庫)で作家デビュー。2002年『邪魔』(講談社刊)で第4回大藪春彦賞、04年『空中ブランコ』(文藝春秋刊)で第131回直木賞を受賞。05年『イン・ザ・プール』(文藝春秋刊)が映画化され話題に。著書に『サウスバウンド』(角川書店刊)、『延長戦に入りました』(幻冬舎文庫)ほか多数。

この作品は「ポンツーン」2000年11月号から2005年8月号に不定期連載されたものです。

ララピポ
2005年9月30日　第1刷発行

GENTOSHA

著　者…………奥田英朗
発行者…………見城 徹

発行所……………株式会社 幻冬舎
〒151-0051 東京都渋谷区千駄ヶ谷4-9-7
電話………………03(5411)6211(編集)
03(5411)6222(営業)
振替………………00120-8-767643
印刷・製本所……図書印刷株式会社

検印廃止

ISBN4-344-01051-5　C0093
幻冬舎ホームページアドレス　http://www.gentosha.co.jp/

この本に関するご意見・ご感想をメールでお寄せいただく場合は、comment@gentosha.co.jpまで。